Introdução à Literatura Fantástica

Coleção Debates
Dirigida por J. Guinsburg

Equipe de Realização – Tradução: Maria Clara Correa Castello; Revisão: Mary Amazonas Leite de Barros: Produção: Ricardo W. Neves e Sergio Kon.

tzvetan todorov
INTRODUÇÃO À LITERATURA FANTÁSTICA

Título do original francês
Introduction à la littérature fantastique

© Editions du Seuil, Paris

Dados Internacionais de Catalogação na Publicação(CIP)
(Câmara Brasileira do Livro, SP, Brasil)

Todorov, Tzvetan, 1939-
    Introdução à literatura fantástica / Tzvetan Todorov ;
[tradução Maria Clara Correa Castello]. – São Paulo:
Perspectiva, 2017. – (Debates ; 98 / dirigida por
J. Guinsburg)

    3. reimpr. da 4. ed. de 2010
    Título original: Introduction à la littérature
fantastique
    Bibliografia.
    ISBN 978-85-273-0363-7

    1. Literatura fantástica - História e crítica I.
Guinsburg, J. II. Título. III. Série.

04-5639   CDD-809.915

Índices para catálogo sistemático:
1. Literatura fantástica : História e crítica   809.915

4ª edição –3ª reimpressão
[PPD]

Direitos reservados em língua portuguesa à

EDITORA PERSPECTIVA LTDA.

Av. Brigadeiro Luís Antônio, 3025
01401-000 São Paulo SP Brasil
Telefax: (11) 3885-8388
www.editoraperspectiva.com.br

2019

SUMÁRIO

1. Os Gêneros Literários 7

2. Definição do Fantástico 29

3. O Estranho e o Maravilhoso 47

4. A Poesia e a Alegoria 65

5. O Discurso Fantástico 83

6. Os Temas do Fantástico: Introdução 99

7. Os Ternas do *Eu* 115

8. Os Temas do *Tu* 133

9. Os Temas do Fantástico: Conclusão 149

10. Literatura e Fantástico 165

Obras citadas 185

1. OS GÊNEROS LITERÁRIOS

Estudar a literatura fantástica implica saber o que é um "gênero literário". – Considerações gerais sobre os gêneros. – Uma teoria contemporânea dos gêneros: a de Northrop Frye. – Sua teoria da literatura. – Suas classificações em gêneros. – Crítica a Frye. – Frye e os princípios estruturalistas. – Balanço dos resultados positivos. – Nota final melancólica.

A expressão "literatura fantástica" refere-se a uma variedade da literatura ou, como se diz comumente, a um gênero literário. Examinar obras literárias a partir da perspectiva de um gênero é um empreendimento absolutamente peculiar. Nosso propósito é descobrir uma regra que funcione para muitos textos e nos permita aplicar a eles o nome de "obras fantásticas", não pelo que cada um tenha de específico. Estudar *La Peau de chagrin* a partir da perspectiva do gênero fantástico é completamente diferente de estudar esse livro por si mesmo, ou no conjunto da obra

7

balzaquiana, ou no da literatura contemporânea. O conceito de gênero é então fundamental para a discussão que se vai seguir. Eis por que é preciso começar por esclarecer e precisar este conceito, mesmo que tal trabalho nos afaste aparentemente do próprio fantástico.

A ideia de gênero implica imediatamente em muitas questões; felizmente, algumas delas se dissipam logo que são formuladas de maneira explícita. Eis a primeira: temos o direito de discutir um gênero sem ter estudado (ou ao menos lido) todas as obras que o constituem? O universitário que nos faz esta pergunta poderia acrescentar que os catálogos de literatura fantástica contam milhares de títulos. Daí, basta um passo para vermos surgir a imagem do estudante laborioso, enterrado sob livros que deverá ler à razão de três por dia, perseguido pela ideia de que novos textos se escrevem sem cessar e de que certamente não conseguirá jamais absorvê-los a todos. Mas um dos primeiros traços do procedimento científico é que ele não exige a observação de todas as instâncias de um fenômeno para descrevê-lo; ele procede antes por dedução. Levanta-se, de fato, um número relativamente limitado de ocorrências, tira-se daí uma hipótese geral, e esta é verificada em outras obras, sendo corrigida (ou rejeitada). Qualquer que seja o número dos fenômenos estudados (aqui, de obras), estaremos sempre muito pouco autorizados a daí deduzir leis universais; a quantidade das observações não é pertinente, mas unicamente a coerência lógica da teoria. Como escreveu Karl Popper: "De um ponto de vista lógico não se justifica inferirmos proposições universais a partir de proposições singulares, por numerosas que sejam; pois qualquer conclusão tirada desta maneira poderá sempre revelar-se falsa: pouco importa o número de cisnes brancos que tenhamos podido observar, isso não justifica a conclusão de que *todos* os cisnes sejam brancos" (p. 27)[1]. Por outro lado, uma hipótese fundada na observação de um

1. As referências completas das obras citadas encontram-se no fim deste volume. Estão organizadas em ordem alfabética. No caso de várias obras de um mesmo autor, uma indicação, por vezes abreviada, do título citado, aparece no texto.

número restrito de cisnes mas que nos dissesse que sua brancura é a consequência de alguma particularidade orgânica, tal hipótese seria perfeitamente legítima. Voltando dos cisnes aos romances, esta verdade científica geral se aplica não somente ao estudo dos gêneros mas também ao da obra toda de um escritor, ou ao de uma época, etc.; deixemos pois a exaustibilidade aos que com isso se satisfazem.

O nível de generalidade em que este ou aquele gênero se situa levanta uma segunda pergunta. Há somente alguns gêneros (p. ex. poético, épico, dramático) ou muitos mais? os gêneros são em número finito ou infinito? Os Formalistas russos tendem para uma solução relativista; Tomachevski escrevia: "As obras se distribuem em amplas classes que, por sua vez, se diferenciam em tipos e espécies. Neste sentido, descendo a escala dos gêneros, chegaremos das classes abstratas às distinções históricas concretas (o poema de Byron, a novela de Tchecov, o romance de Balzac, a ode espiritual, a poesia proletária) e mesmo às obras particulares" (pp. 306-307). Esta frase levanta, na verdade, mais problemas do que resolve, e logo voltaremos a isso; mas podemos aceitar já a ideia de que os gêneros existem a diferentes níveis de generalidade e que o conteúdo dessa noção se define pelo ponto de vista escolhido.

Um terceiro problema é próprio da estética. Dizem-nos: é inútil falar de gêneros (tragédia, comédia, etc.) pois a obra é essencialmente única, singular, vale pelo que tem de inimitável, de diferente de todas as outras obras, e não por aquilo que as torna semelhantes. Se gosto de *A Cartuxa de Parma*, não é porque seja um romance (gênero) mas porque é um romance diferente de todos os outros (obra individual). Esta resposta conota uma atitude romântica para com a matéria observada. Essa posição não é, propriamente, falsa; é simplesmente deslocada. Pode-se muito bem gostar de uma obra por tal ou tal razão; não é isto que a define como objeto de estudo. O móvel de um empreendimento de saber não tem que ditar a forma que a obra assume a seguir. Quanto ao problema estético em geral, não será abordado aqui: não que seja inexistente, mas porque, muito complexo, ultrapassa de longe nossos meios atuais.

No entanto, esta mesma objeção pode ser formulada em termos diferentes, nos quais se torna de refutação muito mais difícil. O conceito de gênero (ou de espécie) é tirado das Ciências Naturais; não é por acaso, aliás, que o pioneiro da análise estrutural da narrativa, V. Propp. usava analogias com a Botânica ou a Zoologia. Ora, existe uma diferença qualitativa quanto ao sentido dos termos "gênero" e "espécime" conforme sejam aplicados aos seres naturais ou às obras do espírito. No primeiro caso, o aparecimento de um novo exemplar não modifica de direito as características da espécie; por conseguinte, as propriedades daquele são inteiramente dedutíveis a partir da fórmula desta. Sabendo o que é a espécie tigre, podemos daí deduzir as propriedades de cada tigre particular; o nascimento de um novo tigre não modifica a espécie em sua definição. A influência do organismo individual sobre a evolução da espécie é tão lenta que na prática podemos abstraí-la. O mesmo acontece com os enunciados de uma língua (se bem que em grau menor): uma frase individual não modifica a gramática, e esta deve permitir a dedução das propriedades daquela.

O mesmo não acontece no domínio da Arte ou da Ciência. A evolução segue aqui um ritmo completamente diferente: *toda* obra modifica o conjunto dos possíveis cada novo exemplo muda a espécie. Poderíamos dizer que estamos diante de uma língua na qual todo enunciado é agramatical no momento de sua enunciação. Mais exatamente, não reconhecemos a um texto o direito de figurar na História da Literatura ou na da Ciência, a não ser que acarrete alguma mudança à ideia que se fazia até então de uma ou outra atividade. Os textos que não preenchem essa condição passam automaticamente a uma outra categoria: lá, à da literatura dita "popular", "de massa"; aqui, à do exercício escolar. (Uma comparação se impõe então ao espírito: a do produto artesanal, do exemplar único, de um lado; e a do trabalho em cadeia, do estereótipo mecânico, de outro.) Para voltar à nossa matéria, apenas a literatura de massa (histórias policiais, romances-folhetim, *science-fiction* etc.) deveria justificar a noção de gênero; esta seria inaplicável aos textos propriamente literários.

Uma tal oposição obriga-nos a explicitar nossas próprias bases teóricas. Diante de todo texto pertencente à "literatura", deveríamos levar em conta uma dupla exigência. Primeiramente, não devemos ignorar que ele manifesta propriedades comuns ao conjunto dos textos literários, ou a um dos subconjuntos da literatura (a que precisamente chamamos, um gênero). É difícil imaginar atualmente que se possa defender a tese segundo a qual tudo, na obra, é individual, produto inédito de uma inspiração pessoal, fato sem nenhuma ligação com as obras do passado. Em segundo lugar, um texto não é somente o produto de uma combinatória preexistente (combinatória constituída pelas propriedades literárias virtuais); é também uma transformação desta combinatória.

Já se pode dizer então que todo estudo da literatura participará, quer queira ou não, deste duplo movimento: da obra em direção à literatura (ou ao gênero), e da literatura (do gênero) em direção à obra; privilegiar provisoriamente uma ou outra direção, a diferença ou a semelhança, é um procedimento perfeitamente legítimo. Porém há mais. E da própria natureza da linguagem mover-se na abstração e no "genérico". O individual não pode existir *na* linguagem, e nossa formulação do caráter específico de um texto torna-se automaticamente a descrição de um gênero, cuja particularidade seria a de que a obra em questão fosse seu primeiro e único exemplo. Toda descrição de um texto, pelo próprio fato de se fazer com a ajuda das palavras, é uma descrição de gênero. Esta não é aliás uma afirmativa puramente teórica; o exemplo nos é fornecido sem cessar pela história literária, já que os epígonos imitam precisamente o que havia de específico no iniciador.

Logo, não se pode pensar em "rejeitar a noção de gênero", como, por exemplo, exigia Croce: uma tal rejeição implicaria a renúncia à linguagem e não poderia, por definição, ser formulada. Importa, ao contrário, estar consciente do grau de abstração que assumimos e da posição desta abstração face à evolução efetiva; esta acha-se inscrita por sua condição em um sistema de categorias que a fundamenta e ao mesmo tempo dela depende.

O que fica é que a literatura parece abandonar hoje a divisão em gêneros. Maurice Blanchot escrevia, há já dez anos: "Só importa o livro, tal como é, longe dos gêneros, fora das rubricas, prosa, poesia, romance, testemunho, sob os quais ele se recusa a se alinhar e aos quais nega o poder de lhe fixar o lugar e determinar a forma. Um livro não pertence mais a um gênero, todo livro depende unicamente da literatura, como se esta detivesse por antecipação, na sua generalidade, os segredos e as fórmulas, as únicas coisas que permitem dar ao que se escreve realidade de livro" (*Le Livre à venir*, pp. 243-244). Por que então levantar estes problemas caducos? Gerard Genette respondeu bem a isso: "O discurso literário se produz e se desenvolve segundo estruturas que só pode realmente transgredir porque as encontra, ainda hoje, no campo de sua linguagem e de sua escritura" (*Figures II*, p. 15). Para que haja transgressão, é preciso que a norma seja perceptível. É aliás duvidoso que a literatura contemporânea esteja completamente isenta de distinções genéricas; apenas, estas distinções não correspondem mais às noções legadas pelas teorias literárias do passado. Não se está evidentemente obrigado a segui-las agora; mais ainda: começa a nascer uma necessidade de se elaborar categorias abstratas que possam se aplicar às obras de hoje. De uma maneira mais geral, não reconhecer a existência de gêneros equivale a supor que a obra literária não mantém relações com as obras já existentes. Os gêneros são precisamente essas escalas através das quais a obra se relaciona com o universo da literatura.

Interrompamos aqui nossas leituras disparatadas. Para dar um passo à frente, escolhamos uma teoria contemporânea dos gêneros, e submetamo-la a uma discussão mais precisa. Assim, a partir de um exemplo, poderemos ver melhor que princípios positivos devem guiar nosso trabalho, quais são os perigos a evitar. O que não quer dizer que novos princípios não surgirão de nosso próprio discurso, ao longo do caminho; nem que perigos inesperados não aparecerão em múltiplos pontos.

A teoria dos gêneros que se discutirá em detalhe é a de Northrop Frye, tal como está formulada, em particular, em seu *Anatomy of criticism*. Esta escolha não é gratuita: Frye ocupa hoje um lugar predominante entre os críticos anglo-saxões e sua obra é, sem dúvida alguma, uma das mais notáveis na história da crítica desde a última guerra. *Anatomy of criticism* é ao mesmo tempo uma teoria da literatura (e portanto dos gêneros) e uma teoria da crítica. Mais exatamente, este livro se compõe de dois tipos de textos, uns de ordem teórica (a introdução, a conclusão e o segundo ensaio: "Ethical Criticism: Theory of Symbols"), os outros, mais descritivos; é aí precisamente que se encontra descrito o sistema dos gêneros característico de Frye. Mas para ser compreendido, o sistema não deve ser isolado do conjunto; assim começaremos pela parte teórica.

Eis seus traços principais.

1. Devem-se praticar os estudos literários com a mesma seriedade, o mesmo rigor que testemunhamos nas outras ciências. "Se a crítica existe, deve ser um exame da literatura nos termos de um quadro conceitual que nasça do estudo indutivo do campo literário. (...) A crítica comporta um elemento científico que a distingue, por um lado, do parasitismo literário, por outro, da atitude crítica parafraseante" (p. 7) etc.

2. Uma consequência deste primeiro postulado é a necessidade de afastar dos estudos literários qualquer juízo de valor sobre as obras. Frye é bastante incisivo quanto a este ponto; poderíamos matizar seu veredicto e dizer que a valo-

ração terá seu lugar no campo da poética, mas que, no momento, referir-se a ela seria complicar inutilmente as coisas.

3. A obra literária, como a literatura em geral, forma um sistema; nela nada é devido ao acaso. Ou como escreve Frye: "O primeiro postulado deste salto indutivo [que ele nos convida a dar] é o mesmo de toda ciência: é o postulado da coerência total" (p. 16).

4. É preciso distinguir a sincronia da diacronia: a análise literária exige que se executem cortes sincrônicos na história, e é no interior destes que se deve *começar* por procurar o sistema. "Quando um crítico trata uma obra literária, a coisa mais natural que pode fazer é "congelá-la" *[to freeze* ir], ignorar seu movimento dentro do tempo e considerá-la como uma configuração de palavras, na qual todas as partes existem simultaneamente", escreve Frye em uma outra obra (*Fables,* p. 21).

5. O texto literário não entra em uma relação referencial com o "mundo", como o fazem frequentemente as frases de nosso discurso cotidiano, não é ele "representativo" de outra coisa senão de si mesmo. Nisto a literatura se parece, antes com a matemática do que com a linguagem corrente: o discurso literário não pode ser verdadeiro ou falso, só pode ser válido com relação às suas próprias premissas. "O poeta, como o matemático puro, depende não da verdade descritiva mas da conformidade com seus postulados hipotéticos" (p. 76). "A literatura, como a matemática, é uma linguagem, e uma linguagem em si mesma não representa qualquer verdade, ainda que possa fornecer o meio de exprimir um número ilimitado de verdades" (p. 354). Por isso mesmo, o texto participa da tautologia: ele significa a si próprio. "O símbolo poético significa essencialmente a si próprio, em sua relação com o poema" (p. 80). A resposta do poeta sobre o que tal elemento de sua obra significa, deve ser sempre: "Sua significação é ser um elemento da obra." ("I mean it to form a part of the play") (p. 86).

6. A literatura é criada a partir da literatura, não a partir da realidade, quer seja esta material ou psíquica; toda

obra literária é convencional. "Só se pode fazer poemas a partir de outros poemas, romances a partir de outros romances" (p. 97). E num outro texto, *The Educated imagination*: "O desejo do escritor de escrever só pode vir de uma experiência prévia da literatura ... A literatura não extrai suas formas senão dela mesma" (pp. 15-16). "Tudo o que é novo em literatura é o velho reinventado ... A auto-expressão em literatura é algo que nunca existiu" (pp. 28-29).

Nenhuma dessas ideias é completamente original (ainda que Frye raramente cite suas fontes): podemos encontrá-las por um lado em Mallarmé ou Valéry assim como em certa tendência da crítica francesa contemporânea que lhes continua a tradição (Blanchot, Barthes, Genette); por outro, abundantemente nós os Formalistas russos, finalmente em autores como T. S. Eliot. O conjunto destes postulados, que valem tanto para os estudos literários como para a própria literatura, constituem nosso próprio ponto de partida. Mas tudo isso nos levou para bem longe dos gêneros. Passemos à parte do livro de Frye que nos interessa mais diretamente. Ao longo de sua obra (é preciso lembrar que esta é constituída de textos que apareceram de início separadamente), Frye propõe várias séries de categorias passíveis todas elas à subdivisão em gêneros (ainda que o termo "gênero" seja aplicado por Frye a uma só destas séries). Não me proponho resumi-las. Desenvolvendo aqui uma discussão puramente metodológica, contentar-me-ei com reter a articulação lógica de suas classificações, sem dar exemplos detalhados.

1. A primeira classificação define os "modos da ficção". Eles se constituem a partir da relação entre o herói do livro e nós mesmos ou as leis da natureza, e são em número de cinco:

1. O herói tem uma superioridade (de natureza) sobre o leitor e sobre as leis da natureza; esse gênero se denomina *mito*.

2. O herói tem uma superioridade (de grau) sobre o leitor e as leis da natureza; o gênero é o da *lenda* ou o do *conto de fadas*.

3. O herói tem uma superioridade (de grau) sobre o leitor mas não sobre as leis da natureza; estamos no gênero *mimético alto*.

4. O herói está em igualdade com o leitor e as leis da natureza; é o *gênero mimético baixo*.

5. O herói é inferior ao leitor; é o gênero da *ironia* (pp. 33-34).

2. Uma outra categoria fundamental é a da verossimilhança: os dois polos da literatura são então constituídos pela narrativa verossímil e a narrativa em que tudo é permitido (pp. 51-52).

3. Uma terceira categoria enfatiza duas tendências principais da literatura: o cômico, que concilia o herói com a sociedade; e o trágico, que dela o isola (p. 54).

4. A classificação que parece mesmo ser a mais importante para Frye é a que define arquétipos. Estes são em número de quatro (quatro *mythoï*) e se fundamentam na oposição do real e do ideal. Assim encontram-se caracterizados o "romance"[2] (no ideal), a ironia (no real), a comédia (passagem do real ao ideal), a tragédia (passagem do ideal ao real) (pp. 158-162).

5. Vem em seguida a divisão em gêneros propriamente dita, que se fundamenta no tipo de audiência que as obras deveriam ter. Os gêneros são: o drama (obras representadas), a poesia lírica (obras cantadas), a poesia épica (obras recitadas), a prosa (obras lidas) (pp. 246-250). A esta se junta a seguinte especificação: "A distinção mais importante está ligada ao fato de que a poesia épica é episódica, enquanto que a prosa é contínua" (p. 249).

6. Enfim uma última classificação aparece à p. 308, a qual se articula em torno às oposições intelectual/pessoal e introvertido/extrovertido, e que se poderia apresentar esquematicamente da maneira seguinte:

2. O francês não possui um termo equivalente para designai este gênero.

16

	intelectual	pessoal
introvertido	*confissão*	*"romance"*
extrovertido	*"anatomia"*	*romance*

Aí estão algumas das categorias (e, diremos também, dos gêneros) propostas por Frye. Sua audácia é evidente e louvável; resta ver qual sua contribuição.

I. As primeiras observações que formularemos, e as mais fáceis, estão fundamentadas na lógica, para não dizer no bom senso (sua utilidade para o estudo do fantástico aparecerá, esperamos, mais tarde). As classificações de Frye não são logicamente coerentes: nem entre si, nem no interior de cada uma delas. Em sua crítica a Frye, Wimsatt já tinha, com razão, indicado a impossibilidade de coordenar as duas classificações principais, as que foram resumidas em 1. e 4. Quanto às inconsequências internas, bastará, para fazê-las aparecer, uma rápida análise da classificação 1.

Compara-se aí uma unidade, o herói, com duas outras, *a*) o leitor ("nós mesmos") e *b*) as leis da natureza. Além disso, a relação (de superioridade) pode ser quer qualitativa ("de natureza") quer quantitativa ("de grau"). Mas ao esquematizar esta classificação, percebemos que numerosas combinações possíveis estão ausentes da enumeração de Frye. Digamos logo que há assimetria: às três categorias de superioridade do herói corresponde apenas uma única categoria de inferioridade; por outro lado, a distinção "de natureza de grau" é aplicada uma única vez, enquanto que se poderia fazê-la surgir a propósito de cada categoria. Sem dúvida é possível acautelar-se contra a censura de incoerência postulando restrições suplementares que reduzam o número dos possíveis: p. ex., dir-se-á que, no caso da ligação do herói com as leis da natureza, a relação joga com um conjunto e um elemento, não com dois elementos: se o herói obedece a estas leis, não se pode mais falar de diferença entre qualidade e quantidade. De igual modo poderíamos afirmar que se o herói é inferior às leis da natureza, pode ser superior ao leitor, mas que o inverso não é verdadeiro. Estas restrições suplementares permitiriam evitar inconsequências: mas é absolutamente necessário formulá-las. Sem o que manejamos um sistema não explícito e ficamos no domínio da fé, quando não no das superstições.

Uma objeção às nossas próprias objeções poderia ser: se Frye enumera apenas cinco gêneros (modos) sobre treze possibilidades teoricamente enunciáveis, é porque esses cinco gêneros existiram, o que não é verdade com relação aos outros oito. Esta observação nos leva a uma distinção importante sobre os dois sentidos que se dá à palavra gênero; para evitar qualquer ambiguidade, deveríamos colocar de um lado os *gêneros históricos*, de outro, os *gêneros teóricos*. Os primeiros resultariam de uma observação da realidade literária; os segundos, de uma dedução de ordem teórica. O que aprendemos na escola sobre os gêneros, relaciona-se sempre com os gêneros históricos: fala-se de uma tragédia clássica, porque houve, na França, obras que expunham abertamente sua pertinência a esta forma literária. Encontram-se exemplos de gêneros teóricos, ao contrário, nas obras dos poetizadores antigos: assim Diomedes, no século IV, divide, depois de Platão, todas as obras em três categorias: aquelas em que apenas o narrador fala; aquelas em que só as personagens falam; aquelas enfim em que um e outras falam. Esta classificação não se funda numa comparação das obras através da história (como no caso dos gêneros históricos) mas numa hipótese abstrata que postula ser o sujeito da enunciação o elemento mais importante da obra literária e que, conforme a natureza deste sujeito, pode-se distinguir um número logicamente calculável de gêneros teóricos.

Ora, o sistema de Frye é, como o do poetizador antigo, constituído de gêneros *teóricos* e não históricos Há um tal número de gêneros não porque não foram observados outros mais, e sim porque o princípio do sistema o impõe. É pois necessário deduzir todas as combinações possíveis a partir das categorias escolhidas. Poder-se-ia mesmo dizer que, se uma destas combinações jamais tivesse efetivamente se manifestado, deveríamos descrevê-la mais facilmente ainda: assim como no sistema Mendeleiev, pode-se descrever as propriedades dos elementos que ainda não foram descobertos, assim também aqui se descreverão as propriedades dos gêneros – e portanto das obras – a aparecer.

Podem ser extraídas desta primeira observação duas outras anotações. Inicialmente, toda teoria dos gêneros se fundamenta numa concepção da obra, numa imagem desta, que comporta de um lado um certo número de propriedades abstratas, de outro, leis que regem o relacionamento destas propriedades. Se Diomedes divide os gêneros em três categorias, é porque postula, no interior da obra, um traço distintivo: a existência de um sujeito da enunciação; além do mais, fundamentando sua classificação nesse traço, ele dá um testemunho da importância primordial que lhe atribui. Do mesmo modo, se Frye se fundamenta para sua classificação na relação de superioridade ou de inferioridade entre o herói e nós mesmos, é porque considera essa relação como um elemento da obra e, além disso, como um de seus elementos fundamentais.

Pode-se, por outro lado, introduzir uma distinção suplementar no interior dos gêneros teóricos, e falar de gêneros *elementares* e *complexos*. Os primeiros seriam definidos pela presença ou a ausência de um só traço, como em Diomedes; os segundos, pela coexistência de muitos traços. Por exemplo, definiríamos o gênero complexo "soneto" como o que reunisse as seguintes propriedades: 1. determinadas prescrições sobre as rimas; 2. determinadas prescrições sobre o metro; 3. determinadas prescrições sobre o tema. Semelhante definição pressupõe uma teoria do metro, da rima e dos temas (em outros termos, uma teoria global da literatura). Torna-se assim evidente que os gêneros históricos formem uma parte dos gêneros teóricos complexos.

II. Ressaltando incoerências formais na classificação de Frye, fomos levados já a uma observação que não mais se refere à forma lógica de suas categorias mas a seu conteúdo. Frye jamais explicita sua concepção da obra (que, como vimos, serve, quer se queira ou não, de ponto de partida à classificação em gêneros) e, de forma notável, dedica poucas páginas à discussão teórica de suas categorias. Ocupemo-nos disso em seu lugar.

Lembremos algumas dentre elas: superior-inferior; verossimilhança–inverossimilhança; conciliação–exclusão (com relação à sociedade); real–ideal; introvertido–extrovertido; intelectual–pessoal. O que choca desde o início, nesta lista, é seu caráter arbitrário: por que essas categorias, e não outras, seriam elas as mais úteis para descrever um texto literário? Contamos com uma argumentação cerrada que prove esta importância; mas de uma tal argumentação, nem um indício. Além do mais, não se consegue deixar de notar um traço comum a estas categorias: seu caráter não-literário. São todas emprestadas, vemos, à Filosofia, à Psicologia ou a uma ética social, e aliás não importa a que Psicologia ou Filosofia. Ou esses termos devem ser tomados em um sentido particular, propriamente literário; ou então – e já que nada nos foi dito a respeito é esta a única possibilidade que se nos oferece – eles nos levam para fora da literatura. E desse modo a literatura é tão-só um meio de exprimir categorias filosóficas. Sua autonomia acha-se com isso profundamente contestada – e eis-nos de novo em contradição com um dos princípios teóricos enunciados precisamente por Frye.

Mesmo que estas categorias só fossem de uso corrente em literatura, exigiriam uma explicação mais desenvolvida. Pode-se falar do herói como se esta noção fosse evidente? Qual é o sentido preciso desta palavra? E o que é o verossímil? Será o seu contrário apenas a característica de histórias em que as personagens "podem fazer seja lá o que for"? (p. 51). Em outra parte de sua obra, o próprio Frye dará a respeito uma outra interpretação que coloca em questão este primeiro sentido da palavra (p. 132: "Um pintor original sabe, evidentemente, que quando o público lhe pede fidelidade à realidade *[to an object]*, quer, em regra geral, exatamente o contrário: fidelidade às convenções pictóricas que lhe são familiares").

III. Quando examinamos mais de perto ainda as análises de Frye, descobrimos um outro postulado que sem ser formulado desempenha papel primordial em seu sistema. Os pontos que criticamos até aqui podem ser facilmente reorganizados, sem que o sistema resulte alterado: poder-se-iam evitar as incoerências lógicas, e encontrar um fundamento teórico para a escolha das categorias. As consequências do novo postulado são muito mais graves, pois se trata de uma opção fundamental. A mesma pela qual Frye se opõe claramente à posição estruturalista, ligando-se antes a uma tradição em que podemos enfileirar os nomes de Jung, Bachelard ou Gilbert Durand (por mais diferentes que sejam suas obras).

Eis o postulado: as *estruturas* formadas pelos fenômenos literários *se manifestam no próprio nível destes*; em outros termos, as estruturas são diretamente observáveis. Lévi-Strauss, ao contrário, escreve: "O princípio fundamental é que a noção de estrutura social não se liga à realidade empírica mas aos modelos construídos a partir desta" (p. 295). Simplificando muito, poder-se-ia dizer que, aos olhos de Frye, a floresta e o mar formam uma estrutura elementar; para um estruturalista, ao contrário, esses dois fenômenos manifestam uma estrutura abstrata, produto de uma elaboração, e que se articula alhures, digamos, entre o estático e o dinâmico. Vemos a um só tempo por que imagens tais como as quatro estações, ou as quatro partes do dia, ou os quatro elementos desempenham papel tão importante em Frye: como ele próprio afirma (no prefácio a uma tradução de Bachelard) "a terra, o ar, a água e o fogo são e serão sempre os quatro elementos da experiência do imaginário" (p. VII). Enquanto que a "estrutura" dos estruturalistas é antes de tudo uma regra abstrata, a "estrutura" de Frye se reduz a uma disposição no espaço. Frye é aliás explícito a respeito: "Frequentemente uma 'estrutura' ou um 'sistema' de pensamento pode ser reduzido a um desenho em diagrama; de fato, as duas palavras são, em certa medida, sinônimos de diagrama" (p. 335).

Um postulado não necessita de provas; mas sua eficácia pode ser medida pelos resultados que alcançamos aceitando-o. Como a organização formal não se deixa captar, cremos, ao nível das próprias imagens, tudo o que se puder dizer sobre estas últimas permanecerá aproximativo. Devemo-nos contentar com probabilidades, em vez de manejar certezas e impossibilidades. Para retomar nosso exemplo dos mais elementares, a floresta e o mar *podem* achar-se frequentemente em oposição, formando assim uma "estrutura": podem, mas não *devem*; enquanto que o estático e o dinâmico formam obrigatoriamente uma oposição, que se pode manifestar na da floresta e do mar. As estruturas literárias são também sistemas de regras rigorosas, e apenas suas manifestações é que obedecem a probabilidades. Aquele que procura estruturas ao nível das imagens observáveis recusa-se ao mesmo tempo qualquer conhecimento exato.

É exatamente isto o que se dá em Frye. Uma das palavras mais frequentes de seu livro é sem dúvida a palavra *frequentemente*. Alguns exemplos: "This myth is *often* associated with a flood, the regular symbol of the beginning and the end of a cycle. The infant hero is *often* placed in an ark *or* chest floating on the sea ... On dry land the infant *may* be rescued *either* from *or* by an animal ..." (p. 198). "Its *most common* settings are the mountaintop, the island, the tower, the lighthouse, and the ladder ou staircase" (p. 203). "He *may* also be a ghost, like Hamlefs father; *or* it *may* not be a person at ali, but simply an invisible force known only by its effects ... *Often*, as in the revenge-tragedy, it is an event previous to the action of which the tragedy itself is the consequence*" (p. 216, o grifo é meu), etc.

---

* "Este mito é associado *frequentemente* a uma torrente, símbolo usual do começo e fim de um ciclo. O herói-infante é frequentemente colocado em

O postulado de uma manifestação direta das estruturas produz um efeito esterilizante em muitas outras direções. É preciso inicialmente notar que a hipótese de Frye não pode ir além de uma taxinomia, uma classificação (segundo suas declarações explícitas). Mas, dizer que os elementos de um conjunto podem ser classificados, é formular a respeito desses elementos a mais frágil das hipóteses.

O livro de Frye faz pensar incessantemente num catálogo onde seriam inventariadas inumeráveis imagens literárias; ora, um catálogo é apenas um dos instrumentos da ciência, não a própria ciência. Poder-se-ia ainda dizer que quem apenas classifica não pode fazê-lo bem: sua classificação é arbitrária, por não repousar numa teoria explícita um pouco como aquelas classificações do mundo vivo, antes de Lineu, quando não se hesitava em constituir uma categoria de todos os animais que se cocam ...

Se admitimos, com Frye, que a literatura é uma linguagem, estamos no direito de esperar que o crítico esteja bem próximo, em sua atividade, do linguista. Mas o autor de *Anatomy of criticism* faz antes pensar naqueles dialetólogos--lexicógrafos do século XIX, que percorriam aldeias em busca de palavras raras ou desconhecidas. Por mais que se tenham coligido milhares de palavras, não se alcançam com isso os princípios, mesmo os mais elementares, do funcionamento de uma língua. O trabalho dos dialetólogos não foi inútil, e no entanto apoia-se em bases precárias: pois a língua não é um estoque de palavras mas um mecanismo. Para compreender esse mecanismo, basta partir das palavras mais correntes, das frases mais simples. O mesmo se dá com a crítica: podem-se abordar os problemas essenciais

uma arca *ou* caixa flutuando no mar... Em terra firme a criança *pode* ser *igualmente* salva de um *ou* por um animal..."" Seus cenários *mais comuns* são o topo da montanha, a ilha, a torre, o farol, e a escada de mão ou escada."" I le *pode ser* também um fantasma, como o pai de Hamlet; *ou pode não ser* absolutamente uma pessoa, mas simplesmente uma força invisível conhecida apenas por seus efeitos... *Frequentemente*, como na tragédia--de-vingança, é um acontecimento anterior à ação da qual a própria tragédia é a consequência." (N. da T.)

da teoria literária, sem possuir para isto a erudição brilhante de Northrop Frye.

É tempo de encerrar esta longa digressão cuja utilidade para o estudo do gênero fantástico pode ter parecido problemática. Pelo menos ela nos permitiu chegar a algumas conclusões precisas, assim resumidas:

1. Toda teoria dos gêneros assenta-se numa representação da obra literária. É preciso então começar por apresentar nosso próprio ponto de partida, mesmo que o trabalho ulterior nos leve a abandoná-lo.

De forma breve, distinguiremos três aspectos da obra: os aspectos verbal, sintático, semântico.

O aspecto verbal reside nas frases concretas que constituem o texto. Podem-se assinalar aqui dois grupos de problemas. Uns acham-se ligados às propriedades do enunciado (já falei alhures, a propósito disso, dos "registros da palavra"; pode-se também empregar o termo "estilo", dando a esta palavra um sentido estrito). O outro grupo de problemas acha-se ligado à enunciação, àquele que emite o texto e àquele que o recebe (trata-se em ambos os casos de uma imagem implícita ao texto, não de um autor ou leitor reais); até o momento estes problemas foram estudados sob o nome de "visões" ou de "pontos de vista".

Pelo aspecto sintático, analisamos as relações que as partes da obra mantêm entre si (a propósito disto falava-se ainda recentemente em "composição"). Estas relações podem ser de três tipos: lógicas, temporais e espaciais[3].

Resta o aspecto semântico ou, se quisermos, os "temas" do livro. Para este campo, não estabelecemos, de início, nenhuma hipótese global; não sabemos como se articulam os temas literários. Todavia pode-se supor, sem correr qualquer risco, que existam alguns universais semânticos da literatura, temas que se encontram por toda parte e a toda

---

3. Estes dois aspectos, verbal e sintático, da obra literária encontram-se descritos mais longamente em nossa "Poétique" (*Qu'est-ce que le structuralisme?* éd. du Seuil, 1968).

hora e que são pouco numerosos; suas transformações e combinações produzem a aparente multidão dos temas literários.

Evidentemente esses três aspectos da obra se manifestam numa inter-relação complexa e só se achem isolados em nossa análise.

2. Uma escolha preliminar se impõe quanto ao próprio nível em que se vá situar as estruturas literárias. Decidimos considerar todos os elementos imediatamente observáveis do universo literário como a manifestação de uma estrutura abstrata e desnivelada, produto de uma elaboração, e procurar a organização só a este nível. Opera-se aqui uma clivagem fundamental."

3. O conceito de gênero deve ser matizado e qualificado. Opusemos, por um lado, gêneros históricos e gêneros teóricos: os primeiros são o fruto de uma observação dos fatos literários; os segundos são deduzidos de unia teoria da literatura. Por outro lado, fizemos uma distinção, no interior dos gêneros teóricos, entre gêneros elementares e complexos: os primeiros se caracterizam pela presença ou ausência de um só traço estrutural; os segundos, pela presença ou ausência de uma conjunção destes traços. Evidentemente, os gêneros históricos são um subconjunto do conjunto dos gêneros teóricos complexos.

Abandonando agora as análises de Frye que nos guiaram até aqui, deveríamos finalmente, apoiando-nos nelas, formular um panorama mais geral e mais adequado dos objetivos e limites de qualquer estudo dos gêneros. Um tal estudo deve satisfazer constantemente a duas ordens de exigências: práticas e teóricas, empíricas e abstratas. Os gêneros que deduzimos a partir da teoria devem ser verificados nos textos: se nossas deduções não correspondem a nenhuma obra, seguimos uma pista falsa. Por outro lado, os gêneros que encontramos na história literária devem ser submetidos à explicação de uma teoria coerente; senão, ficaremos prisioneiros de preconceitos transmitidos de século em século, e segundo os quais (este é um exemplo imaginário) existiria um gênero tal como a comédia, quando este seria, de fato, pura ilusão. A definição dos gêneros será então um vaivém contínuo entre a descrição dos fatos e a teoria em sua abstração.

Tais são nossos objetivos; mas olhando-os de perto, não nos podemos subtrair a uma dúvida quanto ao sucesso do empreendimento. Tomemos a primeira exigência, a da conformidade da teoria aos fatos. Estabeleceu-se que as estruturas literárias, portanto os próprios gêneros, situam-se a um nível abstrato, independente do das obras existentes. Deveria ser dito que uma obra manifesta tal gênero, não que ele exista nesta obra. Mas esta relação de manifestação entre o abstrato e o concreto é de natureza probabilística; em outras palavras, não há qualquer necessidade de que uma obra encarne fielmente seu gênero, há apenas uma probabilidade de que isso se dê. Isto é o mesmo que dizer que nenhuma observação das obras pode a rigor confirmar ou negar uma teoria dos gêneros. Se me dizem: tal obra não entra em nenhuma de suas categorias, portanto suas categorias são más, poderia objetar: seu *portanto* não tem razão de ser; as obras não devem coincidir com as categorias as quais têm apenas uma existência construída; uma obra pode, por exemplo, manifestar mais de uma categoria, mais de um gênero. Somos assim conduzidos a um impasse metodológico exemplar: como provar o fracasso descritivo de uma teoria dos gêneros qualquer que seja?

Olhemos agora por um outro lado, o da conformidade dos gêneros conhecidos à teoria. Inserir corretamente não é mais fácil do que descrever. O perigo é no entanto de natureza diferente: é que as categorias de que nos serviremos tenderão sempre a nos conduzir para fora da literatura. Qualquer teoria dos temas literários, por exemplo (em todo caso, até o momento presente) tende a reduzir estes temas a um complexo de categorias emprestadas à Psicologia, à Filosofia ou à Sociologia (Frye deu-nos um exemplo). Mesmo que as categorias fossem tiradas da Linguística, a situação não seria qualitativamente diferente. Pode-se ir mais longe: pelo próprio fato de precisarmos usar palavras da linguagem cotidiana, prática, para falar da literatura, fica implícito que a literatura trata de uma realidade ideal que se deixa ainda designar por outros meios. Ora, a literatura, sabemos, existe precisamente enquanto esforço de dizer o que a linguagem comum não diz e não pode dizer. Por esta razão a crítica (a melhor) tende sempre a se tornar ela mesma literatura: só se pode falar do que faz a literatura fazendo literatura. É apenas a partir desta diferença relativamente à linguagem corrente que a literatura pode se constituir e subsistir. A literatura enuncia o que apenas ela pode enunciar. Quando o crítico tiver dito tudo sobre um texto literário, não terá ainda dito nada; pois a própria definição da literatura implica que não se possa falar dela.

Estas reflexões céticas não nos devem deter; elas nos obrigam simplesmente a tomar consciência de limites que não podemos ultrapassar. O trabalho de conhecimento visa a uma verdade aproximativa, não a uma verdade absoluta. Se a ciência descritiva pretendesse dizer *a* verdade, contradiria sua razão de ser. E ainda: certa forma de Geografia física não existe mais desde que todos os continentes foram corretamente descritos. A imperfeição é, paradoxalmente, uma garantia de sobrevivência.

2. DEFINIÇÃO DO FANTÁSTICO

Primeira definição do fantástico. – A opinião dos predecessores. – O fantástico em "Le Manuscrit trouvé à Saragosse". – Segunda definição do fantástico, mais explicita e mais precisa. – Outras definições, afastadas. – Um exemplo singular do fantástico: Aurélia de Nerval.

Alvare, a personagem principal do livro de Cazotte, "Le Diable amoureux", vive há meses com um ser, do sexo feminino, que ele acredita ser um mau espírito: o diabo ou um de seus subordinados. O modo como este ser apareceu indica claramente que se trata de um representante do outro mundo; mas seu comportamento especificamente humano (e, mais ainda, feminino), os ferimentos reais que recebe parecem, ao contrário, provar que se trata simplesmente de uma mulher, e de uma mulher que ama. Quando Alvare lhe pergunta de onde vem, Biondetta responde: "Sou Sílfide de origem, e uma das mais notáveis entre elas ..." (p. 198). Mas, as Sílfides existem? "Eu não compreendia nada do que estava ouvindo, continua Alvare. Mas o que é que havia de compreensível em minha aventura? Tudo isso me parece um sonho, dizia a mim mesmo; mas será a vida humana outra coisa? Sonho mais extraordinariamente que os outros e eis tudo. (...) Onde está o possível? Onde está o impossível?" (pp 200-201).

Assim, Alvare hesita, e pergunta a si mesmo (e o leitor com ele) se o que lhe está acontecendo é verdadeiro, se o que o cerca é de fato realidade (neste caso, as Sílfides existem) ou então se se trata simplesmente de uma ilusão que toma aqui a forma do sonho. Alvare é levado mais tarde a dormir com esta mesma mulher que *talvez* seja diabo; e, assustado por esta ideia, se interroga de novo: "Terei dormido? serei bastante feliz para que tudo não tenha passado de um sonho?" (p. 274). Sua mãe pensa do mesmo modo: "Você sonhou esta propriedade e todos os seus habitantes" (p. 281). A ambiguidade se mantém até o fim da aventura: realidade ou sonho? verdade ou ilusão?

Somos assim transportados ao âmago do fantástico. Num mundo que é exatamente o nosso, aquele que conhecemos, sem diabos, sílfides nem vampiros, produz-se um acontecimento que não pode ser explicado pelas leis deste mesmo mundo familiar. Aquele que o percebe deve optar por uma das duas soluções possíveis; ou se trata de uma ilusão dos sentidos, de um produto da imaginação e nesse caso as leis do mundo continuam a ser o que são; ou então o acontecimento realmente ocorreu, é parte integrante da realidade, mas nesse caso esta realidade é regida por leis desconhecidas para nós. Ou o diabo é uma ilusão, um ser imaginário; ou então existe realmente, exatamente como os outros seres vivos: com a ressalva de que raramente o encontramos.

O fantástico ocorre nesta incerteza; ao escolher uma ou outra resposta, deixa-se o fantástico para se entrar num gênero vizinho, o estranho ou o maravilhoso. O fantástico é a hesitação experimentada por um ser que só conhece as leis naturais, face a um acontecimento aparentemente sobrenatural.

O conceito de fantástico se define pois com relação aos de real e de imaginário: e estes últimos merecem mais do que uma simples menção. Mas reservamos sua discussão para o último capítulo deste estudo.

Será uma definição dessa natureza ao menos original? Podemos encontrá-la, ainda que formulada diferentemente, já no século XIX.

Inicialmente, na obra do filósofo e místico russo Vladimir Soloviov: "No verdadeiro fantástico, fica sempre preservada a possibilidade exterior e formal de uma explicação simples dos fenômenos, mas ao mesmo tempo esta explicação é completamente privada de probabilidade interna" (citado por Tomachévski, p. 288). Há um fenômeno estranho que se pode explicar de duas maneiras, por meio de causas de tipo natural e sobrenatural. A possibilidade de se hesitar entre os dois criou o efeito fantástico.

Alguns anos mais tarde, um autor inglês especializado em histórias de fantasmas, Montague Rhodes James, retoma quase os mesmos termos: "Às vezes é necessário ter uma porta de saída para uma explicação natural, mas deveria acrescentar: que esta porta seja bastante estreita para que não se possa usá-la" (p. VI). Novamente pois, duas soluções são possíveis.

Eis ainda um exemplo alemão e mais recente: "O herói sente contínua e distintamente a contradição entre os dois mundos, o do real e o do fantástico, e ele próprio fica espantado diante das coisas extraordinárias que o cercam" (Olga Reimann). Esta lista poderia se alongar indefinidamente. Notemos entretanto uma diferença entre as duas primeiras definições e a terceira: naquelas, cabe ao leitor hesitar entre as duas possibilidades, nesta, à personagem; voltaremos a isso logo.

É preciso ainda observar que as definições do fantástico que se encontram na França em escritos recentes, se não são idênticas à nossa, tampouco a contradizem. Sem mais delongas, daremos alguns exemplos extraídos dos textos "canônicos". Castex escreve em *Le Conte fantastique en France*: "O fantástico... se caracteriza ... por uma intromissão brutal do mistério no quadro da vida real" (p. 8). Louis Vax, em *L'Art et la Littérature fantastiques*: "A narrativa fantástica ... gosta de nos apresentar, habitando o mundo real em que nos achamos, homens como nós, colocados subitamente em presença do inexplicável" (p. 5). Roger Caillois em *Au Coeur du fantastique*: "Todo o fantástico é ruptura da ordem estabelecida, irrupção do inadmissível no seio da inalterável legalidade cotidiana" (p. 161). Vemos que estas três definições são, intencionalmente ou não, paráfrases uma da outra: há de cada vez o "mistério", o "inexplicável", o "inadmissível", que se introduz na "vida real", ou no "mundo real", ou ainda na "inalterável legalidade cotidiana".

Estas definições encontram-se globalmente incluídas naquela proposta pelos primeiros autores citados e que já implicava a existência de acontecimentos de duas ordens, os do mundo natural e os do mundo sobrenatural; mas a definição de Soloviov, James etc. assinalava além disso a possibilidade de fornecer duas explicações ao acontecimento sobrenatural e, em consequência, o fato de que *alguém* devesse escolher entre ambas. Era pois mais sugestiva, mais rica; a que nós próprios demos, dela se origina. Além disso, enfatiza o caráter diferencial do fantástico (como linha de separação entre o estranho e o maravilhoso), em vez de transformá-lo numa substância (como fazem Castex, Caillois etc.). De uma forma mais geral, é preciso dizer que um gênero se define sempre em relação aos gêneros que lhe são vizinhos.

Mas a definição carece ainda de clareza, e é aqui que devemos ir mais além do que nossos predecessores. Como já foi observado, não se dissera claramente se cabia ao leitor ou à personagem hesitar; nem quais as nuanças da hesitação. "Le Diable amoureux" oferece matéria muito pobre para uma análise mais desenvolvida: só por instantes a hesitação, a dúvida aí nos preocupam. Recorreremos pois a um outro livro, escrito uns vinte anos mais tarde, e que nos permitirá levantar um número maior de perguntas; um livro que inaugura magistralmente a época da narrativa fantástica: "Le Manuscrit trouvé à Saragosse" de Jan Potocki.

Uma série de acontecimentos nos é inicialmente relatada, na qual nenhum dos quais, tomado isoladamente, contradiz as leis da natureza tais como a experiência nos ensinou a conhecê-las; mas sua acumulação desde logo causa problemas. Alphonse van Worden, herói e narrador do livro, atravessa as montanhas da Sierra Morena. De repente, seu *zagal* Moschito desaparece; algumas horas mais tarde, desaparece também o criado Lopez. Os habitantes do lugar afirmam que a região é assombrada por almas do outro mundo, dois bandidos recentemente enforcados. Alphonse chega a um albergue abandonado e se prepara para dormir; mas à primeira badalada da meia-noite, "uma bela negra seminua, segurando um archote em cada mão" (p. 56) entra no quarto e o convida a segui-la. Ela o conduz até uma sala subterrânea onde o recebem duas jovens irmãs, belas e vestidas ligeiramente. Oferecem-lhe comida e bebida. Alphonse experimenta sensações estranhas e uma dúvida nasce em seu espírito: "Eu não sabia mais se estava com mulheres ou com insidiosos demônios" (p. 58). Elas lhe contam em seguida sua vida e revelam ser suas próprias primas. Mas ao primeiro canto do galo, a narrativa é interrompida; e Alphonse se lembra de que "como se sabe, as almas do outro mundo só têm poder da meia-noite até o primeiro canto do galo" (p. 55).

Tudo isso, é evidente, não se origina propriamente das leis da natureza tais como são conhecidas. No máximo pode-se dizer que são acontecimentos estranhos, coincidências insólitas. O passo seguinte é decisivo: ocorre um acontecimento que a razão não pode mais explicar. Alphonse vai para o leito, as duas irmãs reúnem-se a ele (ou talvez ele esteja apenas sonhando) mas uma coisa é certa: quando acorda, não está mais numa cama, não está mais numa sala subterrânea. "Vi o céu. Vi que estava ao ar livre. (...) Eu estava deitado sob o cadafalso de Los Hermanos. Os cadáveres dos dois irmãos de Zoto não estavam mais pendurados na forca, estavam deitados ao meu lado" (p. 68). Eis pois um primeiro acontecimento sobrenatural: duas belas moças transformadas em cadáveres putrefatos.

Alphonse, entretanto, não se acha ainda convencido da existência de forças sobrenaturais: o que teria suprimido qualquer hesitação (e colocado um fim ao fantástico). Ele procura um lugar onde passar a noite e chega à cabana de um eremita; aí encontra um possesso, Pascheco, que lhe conta sua história, mas uma história que se parece estranhamente à de Alphonse. Pascheco dormira uma noite no mesmo albergue; descera até uma sala subterrânea e passara a noite numa cama com as duas irmãs; na manhã seguinte, acordara sob o cadafalso, entre dois cadáveres. Esta semelhança põe Alphonse de sobreaviso. Por isso, diz mais tarde ao eremita que não acredita em almas do outro mundo, e dá uma explicação natural para os males de Pascheco. Interpreta de igual modo suas próprias aventuras: "Não tinha dúvidas de que minhas primas fossem mulheres de carne e osso. Tinha consciência disso através de não sei que sentimento, mais forte do que tudo o que me tinham dito a respeito do poder dos demônios. Quanto à peça que me haviam pregado de me colocarem sob o patíbulo, estava bastante indignado" (pp. 98-99).

Admitamos. Mas novos acontecimentos vão reavivar as dúvidas de Alphonse. Volta a encontrar suas primas numa gruta; e uma noite, elas vêm até o seu leito. Estão prestes a arrancar seus cintos de castidade: mas para isso é preciso que o próprio Alphonse se despoje de uma relíquia cristã que mantém em volta do pescoço; no lugar desta, uma das irmãs coloca uma trança de seus cabelos. Mal se apaziguaram os primeiros transportes de amor, escuta-se a primeira pancada da meia-noite ... Um homem entra no quarto, expulsa as irmãs e ameaça Alphonse de morte; obriga-o em seguida a tomar uma beberagem. Na manhã seguinte, Alphonse desperta, como bem se pode imaginar, sob o cadafalso, ao lado dos cadáveres; em volta de seu pescoço não está mais a trança de cabelos mas uma corda de enforcado. Voltando ao albergue da primeira noite, descobre subitamente, entre as tábuas do soalho, a relíquia que lhe haviam tirado na gruta. "Não sabia mais o que fazia ... Pus-me a imaginar que realmente não tinha saído daquele infeliz cabaré, e que o eremita, o inquisidor [cf. mais adiante] e os irmãos de Zoto eram igualmente fantasmas produzidos por efeito de magia" (pp. 142-143). Como que para inclinar de novo a balança, encontra logo Pascheco, que havia entrevisto durante sua última aventura noturna, e que lhe dá uma versão inteiramente diferente da cena: "Essas duas jovens criaturas, depois de lhe terem feito algumas carícias, tiraram de seu pescoço uma relíquia que ali estava e, a partir desse momento, perderam a beleza a meus olhos, e reconheci nelas os dois enforcados do vale Los Hermanos. Mas o jovem cavaleiro, tomando-as sempre por pessoas atraentes, prodigalizou-lhes os mais ternos nomes. Então um dos enforcados tirou do pescoço a corda e a colocou no do cavaleiro, que lhe testemunhou seu reconhecimento com novas carícias. Enfim fecharam a cortina e não sei o que fizeram então, mas penso que tenha sido algum pecado horrível" (p. 145).

No que acreditar? Alphonse sabe muito bem que passou a noite com duas mulheres amorosas; mas e o despertar sob o cadafalso, e a corda em torno do pescoço, e a relíquia no albergue, e a história de Pascheco? A incerteza, a hesitação chegam ao auge. Reforçadas pelo fato de que outras personagens sugerem a Alphonse uma explicação sobrenatural das aventuras. Assim o inquisidor que, num dado momento, deterá Alphonse e o ameaçará com torturas, pergunta-lhe: "Conheces duas princesas de Túnis? Ou antes duas infames feiticeiras, vampiros execráveis e a encarnação de demônios? " (p. 100). E mais tarde Rebecca, a hospedeira de Alphonse, lhe dirá: "Nós sabemos que são dois demônios fêmeas e que seus nomes são Emina e Zibeddé" (p. 159).

Sozinho durante alguns dias, Alphonse sente ainda uma vez as forças da razão lhe voltarem. Quer encontrar para os acontecimentos uma explicação "realista". "Lembrei-me então de algumas palavras que escaparam a Don Emmanuel de Sa, governador desta cidade, as quais me fizeram pensar que não lhe era de todo estranha a misteriosa existência dos Gomélez. Fora ele quem me dera os dois criados, Lopez e Moschito. Pus na cabeça que tinha sido por ordem sua que me deixaram à entrada funesta de Los Hermanos. Minhas primas, e a própria Rebecca, frequentemente tinham me dado a entender que estavam querendo me colocar à prova. Talvez me tivessem dado, uma beberagem para que eu adormecesse, e depois nada mais fácil que me transportar durante o sono para o fatal cadafalso. Paschecho poderia ter perdido um olho em um acidente completamente diferente de sua ligação amorosa com os dois enforcados, e sua assustadora história poderia ter sido um conto. O ermitão que tinha procurado constantemente descobrir meu segredo, era com certeza um agente dos Gomélez, que queria pôr a prova minha discrição. Enfim Rebecca, seu irmão, Zoto e o chefe dos boêmios, toda essa gente estava talvez mancomunada para experimentar minha coragem" (p. 227).

Nem por isso o debate resolveu-se: pequenos incidentes vão fazer de novo com que Alphonse se encaminhe para uma solução sobrenatural. Vê pela janela duas mulheres que lhe parecem ser as famosas irmãs; mas ao se aproximar, descobre rostos desconhecidos. Lê em seguida uma história de diabo que se parece tanto com a sua que confessa: "Cheguei quase a acreditar que os demônios tinham, para me enganar, animado os corpos dos enforcados" (p. 173).

"Cheguei quase a acreditar": eis a fórmula que resume o espírito do fantástico. A fé absoluta como a incredulidade total nos levam para fora do fantástico; é a hesitação que lhe dá vida.

Quem hesita nesta história? Vemos imediatamente: Alphonse, isto é, o herói, a personagem. É ele quem, ao longo de toda a intriga, terá que escolher entre duas interpretações. Mas se o leitor fosse alertado sobre a 'Verdade', se soubesse em que terreno está pisando, a situação seria completamente diferente. O fantástico implica pois uma integração do leitor no mundo das personagens; define-se pela percepção ambígua que tem o próprio leitor dos acontecimentos narrados. É necessário desde já esclarecer que, assim falando, temos em vista não este ou aquele leitor particular, real, mas uma "função" de leitor, implícita no texto (do mesmo modo que nele acha-se implícita a noção do narrador). A percepção desse leitor implícito está inscrita no texto com a mesma precisão com que o estão os movimentos das personagens.

A *hesitação do leitor* é pois a primeira condição do fantástico. Mas será necessário que o leitor se identifique com uma personagem particular, como em "Le Diable amoureux" e no "Manuscrit"? ou seja, será necessário que a hesitação seja *representada* no interior da obra? A maior parte das obras que preenchem a primeira condição satisfazem igualmente a segunda; existem todavia exceções: assim em "Vera", de Villiers de l'Isle-Adam. O leitor neste caso se interroga sobre a ressurreição da mulher do conde, fenômeno que contradiz as leis da natureza, mas parece confirmado por uma série de indícios secundários. Ora, nenhuma personagem compartilha esta hesitação: nem o conde d'Athol, que crê firmemente na segunda vida de Vera, nem mesmo o velho servidor Raymond. O leitor não se identifica pois com qualquer personagem, e a hesitação não está representada no texto. Diremos que se trata, com esta regra de identificação, de uma condição facultativa do fantástico: este pode existir sem satisfazê-la; mas a maior parte das obras fantásticas submete-se a ela.

Quando o leitor sai do mundo das personagens e volta à sua prática própria (a de um leitor), um novo perigo ameaça o fantástico. Perigo que se situa ao nível da *interpretação do texto*.

Existem narrativas que contêm elementos sobrenaturais sem que o leitor jamais se interrogue sobre sua natureza, sabendo perfeitamente que não deve tomá-los ao pé da letra. Se animais falam, nenhuma dúvida nos assalta o espírito: sabemos que as palavras do texto devem ser tomadas num outro sentido, que se chama alegórico.

Situação inversa se observa relativamente à poesia. O texto poético poderia ser frequentemente julgado fantástico, se ao menos se exigisse que a poesia fosse representativa. Mas a questão não se coloca: se é dito, por exemplo, que o "eu poético" voa pelos ares, isto é apenas uma sequência verbal, a ser tomada como tal, sem pretender ir além das palavras.

O fantástico implica portanto não apenas a existência de um acontecimento estranho, que provoca hesitação no leitor e no herói; mas também numa maneira de ler, que se pode por ora definir negativamente: não deve ser nem "poética", nem "alegórica". Se voltamos ao "Manuscrit", vemos que esta exigência acha-se aí igualmente preenchida: por um lado, nada nos permite dar imediatamente uma interpretação alegórica aos acontecimentos sobrenaturais evocados; por outro, esses acontecimentos são perfeitamente dados como tais, devemos imaginá-los, e não considerar as palavras que os designam exclusivamente como uma combinação de unidades linguísticas. Pode-se ressaltar nesta frase de Roger Caillois uma indicação quanto a esta propriedade do texto fantástico: "Esta espécie de imagens se situa no próprio cerne do fantástico, a meio caminho entre aquilo que me ocorreu chamar imagens infinitas e imagens limitadas ... As primeiras procuram por princípio a incoerência e recusam intencionalmente qualquer significação. As segundas traduzem textos precisos em símbolos que um dicionário apropriado reconverte, termo por termo, em discursos correspondentes" (p. 172).

Estamos agora em condições de precisar e completar nossa definição do fantástico. Este exige que três condições sejam preenchidas. Primeiro, é preciso que o texto obrigue o leitor a considerar o mundo das personagens como um mundo de criaturas vivas e a hesitar entre uma explicação natural e uma explicação sobrenatural dos acontecimentos evocados. A seguir, esta hesitação pode ser igualmente experimentada por uma personagem; desta forma o papel do leitor é, por assim dizer, confiado a uma personagem e ao mesmo tempo a hesitação encontra-se representada, torna-se um dos temas da obra; no caso de uma leitura ingênua, o leitor real se identifica com a personagem. Enfim, é importante que o leitor adote uma certa atitude para com o texto: ele recusará tanto a interpretação alegórica quanto a interpretação "poética". Estas três exigências não têm valor igual. A primeira e a terceira constituem verdadeiramente o gênero; a segunda pode não ser satisfeita. Entretanto, a maior parte dos exemplos preenchem as três condições.

Como essas três características se inscrevem no modelo da obra, tal como o expusemos resumidamente no capítulo precedente? A primeira condição nos remete ao aspecto *verbal* do texto, mais exatamente, ao que se chama "visões": o fantástico é um caso particular da categoria mais geral da "visão ambígua". A segunda condição é mais complexa: ela se prende por um lado ao aspecto *sintático*, na medida em que implica a existência de um tipo formal de unidades que se referem à apreciação feita pelas personagens sobre os acontecimentos da narrativa; estas unidades poderiam se chamar as "reações", por oposição às "ações" que formam habitualmente a trama da história. Por outro lado, ela se refere ao aspecto *semântico*, já que se trata de um tema representado, o da percepção e sua notação. Enfim, a terceira condição tem um caráter mais geral e transcende a divisão em aspectos: trata-se de uma escolha entre vários modos (e níveis) de leitura.

Nossa definição pode ser tida agora como suficientemente explícita. Para justificá-la plenamente, comparemo-la de novo a algumas outras definições, desta vez definições com as quais caberá ver não mais em que ela se lhes assemelha mas em que difere. De um ponto de vista sistemático, pode-se partir dos muitos sentidos da palavra "fantástico".

Tomemos inicialmente o sentido que, ainda que raramente enunciado, vem primeiro ao espírito (é aquele do dicionário): nos textos fantásticos, o autor relata acontecimentos que não são suscetíveis de acontecer na vida, se nos prendemos aos conhecimentos comuns de cada época no tocante ao que pode ou não pode acontecer; assim no *Petit Larousse*: "onde entram seres sobrenaturais: *contos fantásticos*." Pode-se com efeito classificar como *sobrenaturais* os acontecimentos; mas o sobrenatural, mesmo sendo uma categoria literária, não é aqui pertinente. Não se pode conceber um gênero que reagrupasse todas as obras onde intervenha o sobrenatural e que, por esta circunstância, devesse acolher tanto Homero quanto Shakespeare, Cervantes quanto Goethe. O sobrenatural não caracteriza exatamente as obras, sua extensão é grande demais.

Uma outra atitude, bem mais difundida entre os teóricos, consiste em se colocar, para situar o fantástico, no leitor: não o leitor implícito no texto, mas o leitor real. Tomaremos como representante desta tendência H. P. Lovecraft, ele próprio autor de histórias fantásticas e que dedicou ao sobrenatural em literatura uma obra teórica. Para Lovecraft, ó critério do fantástico não se situa na obra mas na experiência particular do leitor; e esta experiência deve ser o medo. "A atmosfera é a coisa mais importante pois o critério definitivo de autenticidade [do fantástico] não é a estrutura da intriga, mas a criação de uma impressão específica. (...) Eis por que devemos julgar o conto fantástico não tanto em relação às intenções do autor e os mecanismos da intriga, mas em função da intensidade emocional que ele provoca. (...) Um conto é fantástico muito simplesmente se o leitor experimenta profundamente um sentimento de temor e de terror, a presença de mundos e poderes insólitos" (p. 16). Este sentimento de medo ou de perplexidade é frequentemente invocado pelos teóricos do fantástico, mesmo que a dupla explicação possível permaneça a seus olhos a condição necessária do gênero. Assim escreve Peter Penzoldt: "Com exceção do conto de fadas, todas as histórias sobrenaturais são histórias de medo, que nos obrigam a perguntar se o que se crê ser pura imaginação não é, no final das contas, realidade" (p. 9). Caillois propõe, também, como "pedra de toque do fantástico", "a irredutível impressão de estranheza" (p. 30).

É surpreendente encontrar, ainda hoje, esses juízos na pena de críticos sérios. Se tomarmos suas declarações literalmente, e que o sentimento de medo deva ser encontrado no leitor, seria preciso deduzir daí (é este o pensamento de nossos autores?) que o gênero de uma obra depende do sangue-frio do leitor. Procurar o sentimento de medo nas personagens não permite delimitar melhor o gênero: em primeiro lugar, os contos de fada podem ser histórias de medo: como os contos de Perrault (contrariamente ao que deles diz Penzoldt); por outro lado, há narrativas fantásticas nas quais todo medo está ausente: pensemos em textos tão diferentes quanto "A Princesa Brambilla" de Hoffmann e "Vera" de Villiers de l'Isle-Adam. O medo está frequentemente ligado ao fantástico mas não como condição necessária.

Por mais estranho que isto pareça, procurou-se igualmente situar o critério do fantástico no próprio autor da narrativa. Encontramos de novo exemplos disto em Caillois que, decididamente, não tem medo das contradições. Eis como Caillois faz reviver a imagem romântica do poeta inspirado: "É necessário ao fantástico alguma coisa de involuntário, de sofrido, uma interrogação inquieta não menos que inquietante, surgida improvisadamente de não se sabe que trevas, que seu autor viu-se obrigado a tomar como veio..." (p. 46); ou ainda: "Uma vez mais, o fantástico que não provenha de uma intenção deliberada de desconcertar mas que parece jorrar independentemente do autor da obra, quando não à sua revelia, prova ser o mais persuasivo" (p. 169). Os argumentos contra esta *intentional fallacy* são hoje conhecidos demais para serem reformulados.

Ainda menos atenção merecem outras tentativas de definição, que frequentemente se aplicam a textos que não são de forma alguma fantásticos. Assim, não é possível definir o fantástico como oposto à reprodução fiel da realidade, ao naturalismo. Nem como o fez Mareei Schneider em *La*

Littérature fantastique en France: "O fantástico explora o espaço interior; tem uma estreita relação com a imaginação, a angústia de viver e a esperança de salvação" (pp. 148-149). O "Manuscrit trouvé à Saragosse" nos forneceu um exemplo de hesitação entre o real e (digamos) o *ilusório*: perguntava-se se o que se via não seria fraude, ou erro da percepção. Em outros termos, duvidava-se da interpretação a ser dada a acontecimentos perceptíveis. Existe uma outra variedade do fantástico em que a hesitação se situa entre o real e o *imaginário*. No primeiro caso, duvidava-se não de que os acontecimentos tivessem sucedido, mas de que nossa compreensão tivesse sido exata. No segundo, pergunta-se se o que acreditamos perceber não é de fato fruto da imaginação. "Distingo com dificuldade o que vejo com os olhos da realidade daquilo que vê minha imaginação", diz uma personagem de Achim d'Arnim (p. 222). Este, "erro" pode ser causado por muitas razões que examinaremos mais adiante: damos aqui um exemplo característico, em que é atribuído à loucura: "A Princesa Brambilla" de Hoffmann.

Acontecimentos estranhos e incompreensíveis sobre--vêm na vida do pobre ator Giglio Fava durante o carnaval de Roma. Acredita que se transforma num príncipe, se apaixona por uma princesa e passa por aventuras incríveis. Ora, a maior parte dos que o cercam lhe asseguram que nada disso é verdadeiro, mas que ele, Giglio, ficou louco. E o que pretende signor Pasquale: "Signor Giglio, eu sei o que lhe aconteceu; Roma inteira sabe, o senhor foi forçado a deixar o teatro porque seu cérebro se desarranjou…" (t. III, p. 27). Por vezes o próprio Giglio duvida de sua razão: "Ele estava mesmo prestes a pensar que signor Pasquale e mestre Bescapi estavam certos ao acreditá-lo um pouco pancada" (p. 42). Assim Giglio (e o leitor implícito) é mantido na dúvida, ignorando se o que o cerca é ou não produto da imaginação.

A este processo simples e muito frequente pode-se opor um outro que parece ser bem mais raro, e no qual a loucura é de novo utilizada – mas de uma maneira diferente –

para criar a ambiguidade necessária. Pensamos em *Aurélio* de Nerval. Este livro narra, como se sabe, as visões de uma personagem durante um período de loucura. A narrativa é feita na primeira pessoa; mas o *eu* cobre aparentemente duas pessoas distintas; a da personagem que percebe mundos desconhecidos (ela vive no passado), e a do narrador que transcreve as impressões da primeira (e vive no presente). À primeira vista, o fantástico não existe aqui: nem para a personagem que considera suas visões não como devidas à loucura mas como uma imagem mais lúcida do mundo (acha-se pois no maravilhoso); nem para o narrador, que sabe que elas se devem à loucura ou ao sonho, não à realidade (de seu ponto de vista, a narrativa se liga simplesmente ao estranho). Mas o texto não funciona assim; Nerval recria a ambiguidade em outro nível, onde não a esperávamos; e *Aurélia* permanece uma história fantástica.

Primeiro, a personagem não está completamente certa quanto à interpretação que deve dar aos fatos: acredita por vezes, também ela, em sua loucura mas não chega nunca à certeza. "Compreendi, vendo-me entre os alienados, que até então tudo para mim não passara de ilusão. Todavia, as promessas que eu atribuía à deusa Ísis pareciam realizar-se por uma série de provas pelas quais eu estava destinado a passar" (p. 301). Ao mesmo tempo, o narrador não está seguro de que tudo o que a personagem viveu se deva à ilusão; insiste mesmo sobre a verdade de certos fatos narrados: "Informei-me fora, ninguém tinha escutado nada. – E no entanto estou até agora seguro de que o grito fora real e de que ecoara no ar dos seres vivos..." (p. 281).

A ambiguidade prende-se também ao emprego de dois procedimentos de escritura que penetram todo o texto.

Nerval utiliza-os habitualmente juntos; chamam-se eles: o imperfeito e a modalização. Esta última consiste, lembremo-lo, em usar certas locuções introdutivas que, sem mudar o sentido da frase, modificam a relação entre o sujeito da enunciação e o enunciado. Por exemplo, as duas frases "Chove lá fora" e "Talvez chova lá fora" referem-se ao mesmo fato; mas a segunda indica além disso a incerteza em que se encontra o sujeito que fala quanto à verdade da frase que enuncia. O imperfeito tem um sentido semelhante: se digo "Amava Aurélia", não especifico se ainda a amo ou não; a continuidade é possível, mas, em regra geral, pouco provável.

Ora, todo o texto de *Aurélia* acha-se impregnado desses dois procedimentos. Poderíamos citar páginas inteiras em apoio à nossa afirmação. Eis alguns exemplos tomados ao acaso: "*Parecia-me que* entrava numa moradia conhecida... Uma velha criada que eu chamava de Marguerite e *que me parecia* conhecer desde a infância me disse... E *eu tinha a impressão* de que a alma de meu antepassado estava naquele pássaro... *Acreditei* cair num abismo que atravessava o globo. *Sentia-me* levado sem sofrimento por uma correnteza de metal fundido... *Tive a sensação* de que essas correntezas eram compostas de almas vivas, em estado molecular... *Tornava-se claro para mim* que os antepassados tomavam a forma de certos animais para nos visitar na terra...", (pp. 259-260, o grifo é meu) etc. Se essas locuções estivessem ausentes, estaríamos mergulhados no mundo do maravilhoso, sem qualquer ligação com a realidade cotidiana, habitual; por meio delas, somos mantidos nos dois mundos ao mesmo tempo. O imperfeito, além do mais, introduz uma distância entre a personagem e o narrador, de tal modo que não conhecemos a posição deste último.

Por uma série de incisos, o narrador guarda distância em relação aos outros homens, ao "homem normal", ou, mais exatamente, ao emprego corrente de certas palavras (em certo sentido, a linguagem é o tema principal de *Aurélia*). "Recuperando aquilo que os homens chamam de razão", escreve ele em algum lugar. E em outro: "Mas parece que era uma ilusão de minha vista" (p. 265). Ou ainda: "Minhas ações, aparentemente insensatas, estavam submetidas ao que se chama de ilusão, segundo a razão humana" (p. 256). Admiremos esta frase: as ações são "insensatas" (referência ao natural) mas apenas "aparentemente" (refe-

44

rência ao sobrenatural); elas estão submetidas... à ilusão (referência ao natural), ou antes não, "àquilo que se chama ilusão" (referência ao sobrenatural); além do mais, o imperfeito significa que não é o narrador presente que assim pensa, mas a personagem de outrora. E ainda esta frase, resumo de toda a ambiguidade de *Aurélia*: "Uma série de visões insensatas talvez" (p. 257). – O narrador guarda assim distância em relação ao homem "normal" e se aproxima da personagem: a certeza de que se trata de loucura cede lugar à dúvida, ao mesmo tempo.

Ora, o narrador vai mais longe: retomará abertamente a tese da personagem, segundo a qual loucura e sonho são apenas uma razão superior. Eis aqui o que a respeito dizia a personagem (p. 226): "As narrativas daqueles que me tinham visto assim me causavam uma espécie de irritação quando eu via que se atribuíam à aberração do espírito os movimentos ou as palavras coincidentes com as diversas fases daquilo que constituía para mim uma série de acontecimentos lógicos" (ao que responde a frase de Edgar Poe: "A ciência não nos mostrou ainda se a loucura é ou não o sublime da inteligência", H. G. S., p. 95). E ainda: "Com a ideia formada por mim a respeito do sonho como algo que abria ao homem uma comunicação com o mundo dos espíritos, esperava..." (p. 290). Mas eis como fala o narrador: "Vou tentar... transcrever as impressões de uma longa doença inteiramente passada nos mistérios de meu espírito; – e não sei por que me sirvo do termo doença, pois jamais, no que me concerne, me senti tão bem. Às vezes acreditava duplicadas minha força e atividade; a imaginação me trazia delícias infinitas" (pp. 251-252). Ou ainda: "Seja como for, creio que a imaginação humana nada inventou que não seja verdadeiro, neste mundo ou nos outros, e não podia duvidar daquilo que tinha *visto* tão distintamente" (p. 276).

Nestes dois trechos, o narrador parece declarar abertamente que o que viu durante sua pretensa loucura é apenas parte da realidade; que, portanto, nunca esteve doente. Mas se cada uma das passagens começa no presente, a última proposição está de novo no imperfeito e reintroduz a ambiguidade na percepção do leitor. O exemplo inverso se encontra nas últimas frases de *Aurélia*: "Eu podia julgar de forma mais sadia o mundo de ilusões em que vivi algum tempo. Todavia, sinto-me feliz com as convicções que adquiri..." (p. 315). A primeira proposição parece devolver tudo o que precede ao mundo da loucura; mas então, por que essa felicidade pelas convicções adquiridas?

Aurélia constitui pois um exemplo original e perfeito da ambiguidade fantástica. Esta ambiguidade gira expressamente em torno da loucura; mas enquanto que em Hoffmann, perguntava-se se a personagem seria ou não louca, aqui sabe-se antecipadamente que seu comportamento se chama loucura; trata-se de saber (e é neste ponto que reside a hesitação), se a loucura não é de fato uma razão superior. A hesitação concernia antes à percepção, agora concerne à linguagem; com Hoffmann, hesita-se acerca do nome a ser dado a certos acontecimentos; com Nerval, a hesitação aplica-se ao interior do nome: ao seu sentido.

3. O ESTRANHO E O MARAVILHOSO

O gênero fantástico, sempre evanescente. – O fantástico-estranho. – As "desculpas" do fantástico. – Fantástico e verossímil – O estranho puro. – Edgar Poe e a experiência dos limites. – Fantástico e romance policial. – A síntese dos dois: a Câmara ardente. – O fantástico-maravilhoso. – "La Morte amoureuse" e a metamorfose do cadáver. – O maravilhoso puro. – Os contos de fadas. – Subdivisões: o maravilhoso hiperbólico, exótico, instrumental e científico (a science-fiction). – Elogio do maravilhoso.

O fantástico, como vimos, dura apenas o tempo de uma hesitação: hesitação comum ao leitor e à personagem, que devem decidir se o que percebem depende ou não da "realidade", tal qual existe na opinião comum. No fim da história, o leitor, quando não a personagem, toma contudo uma decisão, opta por uma ou outra solução, saindo desse modo do fantástico. Se ele decide que as leis da realidade perma-

47

necem intactas e permitem explicar os fenômenos descritos, dizemos que a obra se liga a um outro gênero: o estranho. Se, ao contrário, decide que se devem admitir novas leis da natureza, pelas quais o fenômeno pode ser explicado, entramos no gênero do maravilhoso.

O fantástico leva pois uma vida cheia de perigos, e pode se desvanecer a qualquer instante. Ele antes parece se localizar no limite de dois gêneros, o maravilhoso e o estranho, do que ser um gênero autônomo. Um dos grandes períodos da literatura fantástica, o do romance negro (*the Gothic novel*) parece confirmá-lo. Com efeito, distinguem-se geralmente, no interior do romance negro, duas tendências: a do sobrenatural explicado (do "estranho", poderíamos dizer), tal qual aparece nos romances de Clara Reeves e de Ann Radcliffe; e o do sobrenatural aceito (ou do "maravilhoso"), que agrupa as obras de Horace Walpole, de M. G. Lewis e de Mathurin. Não existe aí o fantástico propriamente dito: somente gêneros que lhe são vizinhos. Mais exatamente o efeito fantástico de fato se produz mas somente durante uma parte da leitura: em Ann Radcliffe, antes que estejamos certos de que tudo o que aconteceu possa receber uma explicação racional; em Lewis, antes que estejamos persuadidos de que os acontecimentos sobrenaturais não receberão nenhuma explicação. Uma vez terminado o livro, compreendemos – nos dois casos – que não houve fantástico.

Podemos nos perguntar até que ponto uma definição de gênero que permitisse a obra "mudar de gênero" por uma simples frase como: "Neste momento, ele acordou e viu as paredes de seu quarto..." se sustenta. Mas, primeiro, nada nos impede considerar o fantástico precisamente como um gênero sempre evanescente. Uma categoria dessa natureza não teria aliás nada de excepcional. A definição clássica do *presente*, por exemplo, descreve-o como um puro limite entre o passado e o futuro. A comparação não é gratuita: o maravilhoso corresponde a um fenômeno desconhecido, jamais visto, por vir: logo, a um futuro; no estranho, em compensação, o inexplicável é reduzido a fatos conhecidos,

48

a uma experiência prévia, e daí ao passado. Quanto ao fantástico mesmo, a hesitação que o caracteriza não pode, evidentemente, situar-se senão no presente.

Coloca-se aqui igualmente o problema da unidade da obra. Tomamos esta unidade como evidente e clamamos contra o sacrilégio de se praticarem cortes numa obra (segundo a técnica do *Reader's Digesi*). Mas as coisas com certeza são mais complexas; não esqueçamos que na escola, onde se dá para cada um de nós a primeira experiência sobre literatura, e uma das mais marcantes, só se leem das obras "trechos escolhidos" ou "extratos". Um certo fetichismo do livro permanece ainda vivo em nossos dias: a obra se transforma ao mesmo tempo em objeto precioso e imóvel, e em símbolo de plenitude, tornando-se o corte um equivalente da castração. Como era mais livre a atitude de um Khlebnikov que compunha poemas com pedaços de poemas precedentes ou que incitava os redatores e mesmo os impressores a corrigir seu texto! Só a identificação do livro com o tema explica o horror ao corte.

A partir do instante em que se examinam isoladamente partes da obra, pode-se colocar provisoriamente entre parênteses o fim da narrativa: o que nos permitiria ligar ao fantástico um número muito maior de textos. A edição corrente atualmente do "Manuscrit trouvé à Saragosse" é exemplar: privado de seu fim, onde a hesitação é resolvida, o livro liga-se plenamente ao fantástico. Charles Nodier, um dos pioneiros do fantástico na França, tinha plena consciência deste fato de que trata em uma de suas novelas, "Inès de las Sierras". Este texto é composto de duas partes sensivelmente iguais; e o fim da primeira nos deixa em plena perplexidade: não sabemos como explicar os fenômenos estranhos que ocorrem; todavia, também não estamos prontos a admitir o sobrenatural tão facilmente quanto o natural. O narrador hesita pois entre duas condutas: interromper aí sua narrativa (e ficar no fantástico) ou continuar (e então deixá-lo). Quanto a ele, declara a seus ouvintes que prefere parar, assim se justificando: "Qualquer outro desenlace seria vicioso em minha narrativa porque lhe mudaria a natureza" (p. 697).

Seria falso entretanto pretender que o fantástico só possa existir em uma parte da obra. Há textos que mantêm a ambiguidade até o fim, o que quer dizer também: além. Fechado o livro, a ambiguidade permanecerá. Um exemplo notável é fornecido pelo romance de Henry James, *A Volta do parafuso*: o texto não nos permitirá decidir se fantasmas assombram a velha propriedade, ou se se trata de alucinações da professora, vítima do clima inquietante que a cerca. Na literatura francesa, a novela de Prosper Mérimée, "La Vénus d'Ille", oferece um exemplo perfeito desta ambiguidade. Uma estátua parece se animar e matar um recém-casado; mas quanto a isto ficamos no "parece" e não alcançamos nunca a certeza.

Seja como for, não se pode excluir de um exame do fantástico o maravilhoso e o estranho, gêneros com os quais se imbrica. Mas não esqueçamos tampouco que, como diz Louis Vax, "a arte fantástica ideal sabe se manter na indecisão" (p. 98).

Examinemos um pouco mais de perto esses dois vizinhos. E notemos que em cada um dos casos, um subgênero transitório surge: entre o fantástico e o estranho, de um lado, o fantástico e o maravilhoso, de outro. Esses subgêneros compreendem as obras que mantêm por muito tempo a hesitação fantástica mas terminam enfim no maravilhoso ou no estranho. Poder-se-iam representar essas subdivisões com a ajuda do seguinte diagrama:

estranho puro	fantástico- -estranho	fantástico- -maravilhoso	maravilhoso puro

O fantástico puro seria representado, no desenho, pela linha do meio, aquela que separa o fantástico-estranho do fantástico-maravilhoso; esta linha corresponde perfeitamente à natureza do fantástico, fronteira entre dois domínios vizinhos.

Comecemos pelo fantástico-estranho. Acontecimentos que parecem sobrenaturais ao longo de toda a história, no fim recebem uma explicação racional. Se esses acontecimentos por muito tempo levaram a personagem e o leitor a acreditar na intervenção do sobrenatural, é porque tinham um caráter insólito. A crítica tem descrito (e frequentemente condenado) esta variedade pela designação de "sobrenatural explicado".

Dar-se-á como exemplo do fantástico-estranho o próprio "Manuscrit trouvé à Saragosse". Todos os milagres aí estão racionalmente explicados no fim da narrativa. Alphonse torna a encontrar numa gruta o ermitão que o acolhera no início, e que é ele próprio o grande xeque dos Gomélez. Este lhe revela o mecanismo dos fatos até então sucedidos: "Don Emmanuel de Sá, o governador de Cádiz, é um dos iniciados. Ele te havia enviado Lopez e, Moschito que te abandonaram na fonte de Alcornoque. (...) Com a ajuda de uma bebida soporífera fizeram com que acordasses no dia seguinte sob o cadafalso dos irmãos Zoto. De lá, vieste ao meu ermitério onde encontraste o terrível possesso Paschecо que é, na realidade, um dançarino basco. (...) No dia seguinte, submeteram-te a uma prova mais cruel ainda: a falsa inquisição que te ameaçou com horríveis torturas mas não conseguiu quebrantar tua coragem" (trad. alem., p. 734) etc.

A dúvida havia sido mantida até então, como se sabe, entre dois polos, a existência do sobrenatural e uma série de explicações racionais. Enumeremos agora os tipos de explicação que procuram reduzir o sobrenatural: há inicialmente, o acaso, as coincidências – pois no mundo sobrenatural não há acaso, reina ao contrário o que se pode chamar de "pandeterminismo" (o acaso será a explicação que reduzirá o sobrenatural em "Inès de las Sierras"); vêm em seguida o sonho (solução proposta em "Le Diable amoureux"), a influência das drogas (os sonhos de Alphonse durante a primeira noite), as fraudes, os jogos falseados (solução essencial no "Manuscrit trouvé à Saragosse"), a ilusão dos sentidos (de que daremos mais tarde exemplos com "La Morte amoureuse" de Gautier e "La Chambre ardente" de J. D. Carr), enfim a loucura, como em "A Princesa Brambilla". Há evidentemente dois grupos de "pretextos", que correspondem às oposições real-imaginário e real-ilusório. No primeiro grupo, nada de sobrenatural aconteceu, pois nada aconteceu: o que acreditávamos ver era apenas fruto de uma imaginação desregrada (sonho, loucura, drogas). No segundo, os acontecimentos se produziram realmente, mas se explicam racionalmente (acasos, fraudes, ilusões).

Lembramos que, nas definições do fantástico citadas mais acima, a solução racional era dada como "completamente privada de probabilidade interna" (Soloviov) ou como uma "porta estreita demais para ser usada" (M. R. James). De fato, as soluções realistas que recebem o "Manuscrit trouvé à Saragosse" ou "Inès de las Sierras" são perfeitamente inverossímeis; as soluções sobrenaturais teriam sido, ao contrário, verossímeis. A coincidência é por demais artificial na novela de Nodier; quanto ao "Manuscrit" seu autor não procura nem mesmo dar-lhe um fim crível: a história do tesouro, da montanha oca, do império dos Gomélez é mais difícil de se admitir que a da mulher transformada em carniça! A verossimilhança não se opõe portanto absolutamente ao fantástico: o primeiro é uma categoria que se relaciona com a coerência interna, com a submissão ao gênero[1], o segundo se refere à percepção ambígua do leitor e da personagem. No interior do gênero fantástico, é verossímil a ocorrência de reações "fantásticas".

Ao lado destes casos, onde quase sem querer se penetra no estranho, por necessidade de explicar o fantástico, existe também o estranho puro. Nas obras que pertencem a este

1. Consultar a respeito os vários estudos editados em "Le Vraisemblable", *Communications*, 11.

gênero, relatam-se acontecimentos que podem perfeitamente ser explicados pelas leis da razão, mas que são, de uma maneira ou de outra, incríveis, extraordinários, chocantes, singulares, inquietantes, insólitos e que, por esta razão, provocam na personagem e no leitor reação semelhante àquela que os textos fantásticos nos tornaram familiar. A definição é, como vemos, ampla e imprecisa, mas assim é também o gênero que ela descreve: o estranho não é um gênero bem delimitado, ao contrário do fantástico; mais precisamente, só é limitado por um lado, o do fantástico; pelo outro, dissolve-se no campo geral da literatura (os romances de Dostoievski, por exemplo, podem ser colocados na categoria do estranho). A crermos em Freud, o sentimento do estranho (*das Unheimliché*) estaria ligado à aparição de uma imagem que se origina na infância do indivíduo ou da raça (seria uma hipótese a verificar; não há coincidência perfeita entre este emprego do termo e o nosso). A pura literatura de horror pertence ao estranho; muitas novelas de Ambrose Bierce poderiam aqui no§ servir de exemplo.

O estranho realiza, como se vê, uma só das condições do fantástico: a descrição de certas reações, em particular do medo; está ligado unicamente aos sentimentos das personagens e não a um acontecimento material que desafie a razão (o maravilhoso, ao contrário, se caracterizará pela existência exclusiva de fatos sobrenaturais, sem implicar a reação que provoquem nas personagens).

Eis uma novela de Edgar Poe que ilustra um estranho próximo ao fantástico: "A Queda da casa de Usher". O narrador chega uma noite à casa, chamado por seu amigo Roderick Usher que lhe pede para ficar com ele por algum tempo. Roderick é um ser hipersensível, nervoso, e que adora a irmã, neste momento gravemente doente. Ela morre alguns dias mais tarde, e os dois amigos, em vez de enterrá-la, depositam seu corpo em um dos cômodos subterrâneos da casa. Decorrem alguns dias; numa noite de tempestade, quando os dois homens se encontram em um cômodo onde o narrador lê em voz alta uma antiga história de cavalaria, os sons descritos na crônica parecem ser o eco dos que se ouvem na casa. Por fim, Roderick Usher se levanta e diz, com uma voz quase imperceptível: "Nós a enterramos viva!" (N.H.E., p. 105). E, com efeito, a porta se abre, a irmã está de pé na soleira. Irmão e irmã se jogam nos braços um do outro, e caem mortos. O narrador foge da casa exatamente em tempo de vê-la desmoronar-se na lagoa vizinha.

O estranho tem aqui duas origens. A primeira é constituída por coincidências (tantas quanto em uma história de sobrenatural explicado). Assim poderiam parecer sobrenaturais a ressurreição da irmã e a queda da casa depois da morte de seus habitantes; mas Poe não deixou de explicar racionalmente uma e outra. Sobre a casa, escreve: "Talvez o olho de um observador minucioso tivesse descoberto uma fenda quase invisível, que, partindo do alto da fachada, franqueasse caminho em ziguezague através da parede indo perder-se nas águas funestas da lagoa" (p. 90). E sobre Lady Madeline: "Crises frequentes, ainda que passageiras, de um caráter quase cataléptico, constituíam singulares diagnósticos" (p. 94). A explicação sobrenatural é pois apenas sugerida e não é necessário aceitá-la.

A outra série de elementos que provocam a impressão de estranheza não está ligada ao fantástico mas ao que se poderia chamar de uma "experiência dos limites", e que caracteriza o conjunto da obra de Poe. Baudelaire já escrevia sobre ele: "Nenhum homem contou com mais magia as *exceções* da vida humana e da natureza"; e Dostoievski: "Ele [Poe] escolhe quase sempre a mais excepcional realidade, coloca sua personagem na mais excepcional situação, no plano exterior ou psicológico..." (Poe escreveu aliás um conto sobre esse tema, um conto "meta-estranho", intitulado "O Anjo do bizarro". Em "A Queda da casa de Usher" é o estado extremamente doentio do irmão e da irmã que desconcerta o leitor. Em outras partes serão as cenas de crueldade, o gozo no mal, o assassinato, que provocam o mesmo efeito. O sentimento de estranheza parte pois dos temas

54

evocados, os quais se ligam a tabus mais ou menos antigos. Se se admite que a experiência primitiva é constituída pela transgressão pode-se aceitar a teoria de Freud sobre a origem do estranho.

Assim pois o fantástico encontra-se definitivamente excluído de "A Casa de Usher". De uma maneira geral, não se encontram na obra de Poe contos fantásticos, no sentido estrito, com exceção talvez das "Lembranças de Mr. Bedloe" e de "O Gato preto". Suas novelas prendem-se quase todas ao estranho, e algumas, ao maravilhoso. Entretanto, não só pelos temas, como pelas técnicas que elaborou, Poe fica muito próximo dos autores do fantástico.

Sabe-se também que Poe deu origem ao romance policial contemporâneo, e esta proximidade não é um produto do acaso; escreve-se aliás frequentemente que as histórias policiais tomaram o lugar das histórias de fantasmas. Precisemos a natureza desta relação. O romance policial de mistério, onde se procura descobrir a identidade do culpado, é construído da seguinte maneira: há por um lado muitas soluções fáceis, à primeira vista tentadoras, mas que se revelam falsas uma após outra; por outro lado, há uma solução inteiramente inverossímil, à qual só se chegará no fim, e que se revelará a única verdadeira. Pode-se perceber já o que aproxima o romance policial do conto fantástico. Lembremos das definições de Soloviov e de James: a narrativa fantástica comporta também duas soluções, uma verossímil e sobrenatural, outra, inverossímil e racional. Basta portanto que esta segunda solução seja, no romance policial, difícil de encontrar chegando mesmo a "desafiar a razão", e estamos prontos a aceitar a existência do sobrenatural de preferência à ausência de qualquer explicação. Disso temos um exemplo clássico: *Dez negrinhos* de Agatha Christie. Dez personagens acham-se confinados em uma ilha; é dito a eles (por disco) que morrerão todos, punidos por um crime que a lei não pode punir; a natureza da morte de cada um está também descrita na canção de roda dos "Dez negrinhos". Os condenados – e o leitor com eles – tentam em vão descobrir quem executa os castigos sucessivos: estão sós na ilha; morrem um após o outro, cada um da maneira anunciada pela canção; até o último que, e isso provoca a impressão do sobrenatural, não se suicida mas é morto. Nenhuma explicação racional parece possível, é preciso admitir a existência de seres invisíveis, ou de espíritos. Evidentemente, esta hipótese não é realmente necessária, a explicação racional será dada. O romance policial de mistério se assemelha do| fantástico, mas também se lhe opõe: nos textos fantásticos, ainda assim inclinamo-nos de preferência para uma explicação sobrenatural; o romance policial, uma vez terminado, não deixa qualquer dúvida quanto à ausência de acontecimentos sobrenaturais. Esta aproximação só vale aliás para um certo tipo de romance policial de mistério (o do local fechado) e um certo tipo de narrativa estranha (o sobrenatural explicado). Além do mais, a ênfase é diferente nos dois gêneros: no romance policial, recai na solução do mistério; nos textos que se ligam ao estranho (como na narrativa fantástica), nas reações que este mistério provoca. Resulta entretanto desta proximidade estrutural uma semelhança que se deve sublinhar.

Há um autor que merece exame mais detido, quando se trata da relação entre romances policiais e histórias fantásticas: é John Dickson Carr; e há em sua obra um livro que situa o problema de maneira exemplar: "La Chambre ardente". Como no romance de Agatha Christie, estamos aqui diante de um problema aparentemente insolúvel pela razão: quatro homens abrem uma cripta, onde foi depositado alguns dias antes um cadáver; ora, a cripta está vazia, e não é possível que alguém a tenha aberto neste meio tempo. Há mais: ao longo de toda a história, fala-se de fantasmas e de fenômenos sobrenaturais. O crime que aconteceu tem uma testemunha, e esta testemunha afirma ter visto a assassina deixar o quarto da vítima atravessando a parede, em um lugar onde existia uma porta duzentos anos antes. Por outro lado, uma das personagens implicadas no caso, uma jovem mulher, crê ser ela própria uma feiticeira, mais exatamente uma envenenadora (o assassinato deveu-se ao veneno) que pertenceria a um tipo particular de seres humanos: os *não-mortos*. "Em resumo, os não-mortos são aquelas pessoas – principalmente mulheres – que foram condenadas à morte por crime de envenenamento, e cujos corpos foram queimados na fogueira, mortos ou vivos", sabe-se mais tarde (p. 167). Ora, folheando um manuscrito que recebeu da casa editora em que trabalha, Stevens, o marido desta mulher, depara com uma fotografia cuja legenda é: *Marie d'Aubray, guilhotinada por assassinato em 1861.* O texto continua: "Era uma fotografia da própria mulher de Stevens" (p. 18). Como a jovem mulher poderia ser, uns setenta anos mais tarde, a mesma célebre envenenadora do século XIX, e além do mais guilhotinada? Muito facilmente, a acreditar na mulher de Stevens, que está pronta a assumir a responsabilidade do assassinato atual. Uma série de outras coincidências parece confirmar a presença do sobrenatural. Finalmente, chega um detetive e tudo começa a se esclarecer. A mulher que tinham visto atravessar a parede era uma ilusão de sentidos provocada por um espelho. O cadáver não tinha desaparecido mas estava habilmente escondido. A jovem Marie Stevens nada tinha em comum com envenenadoras mortas há muito tempo, ainda que tivessem tentado fazê-la acreditar nisso. Toda a atmosfera de sobrenatural havia sido criada pelo assassino para complicar o caso, desviar as suspeitas. Os verdadeiros culpados são descobertos, mesmo que não se consiga puni-los.

Vem um epílogo graças ao qual "La Chambre ardente" sai da classe dos romances policiais que evocam simplesmente o sobrenatural, para entrar na das narrativas fantásticas. Vê-se de novo Marie, na casa, relembrando o caso; e ressurge o fantástico. Marie afirma (ao leitor) que é ela mesma a envenenadora, que o detetive era de fato seu amigo (o que não é mentira) e que dera toda a explicação racional para salvá-la, a ela, Marie ("Ele foi verdadeiramente muito hábil em lhes fornecer uma explicação, um raciocínio que levava em conta somente as três dimensões e o obstáculo das paredes de pedra", p. 237).

O mundo dos não-mortos reassume seus direitos, e o fantástico com ele: estamos em plena hesitação a respeito da solução a escolher. Mas é preciso compreender que, finalmente, trata-se aqui menos de uma semelhança entre dois gêneros do que de sua síntese.

Passemos agora para o outro lado desta linha média que chamamos o fantástico. Estamos no fantástico-maravilhoso, ou em outros termos, na classe das narrativas que se apresentam como fantásticas e que terminam por uma aceitação do sobrenatural. Estas são as narrativas mais próximas do fantástico puro, pois este, pelo próprio fato de permanecer sem explicação, não-racionalizado, sugere-nos realmente a existência do sobrenatural. O limite entre os dois será então incerto; entretanto, a presença ou a ausência de certos detalhes permitirá sempre decidir.

"La Morte amoureuse" de Théophile Gautier pode servir de exemplo. É a história de um monge, que, no dia de sua ordenação, apaixona-se pela cortesã Clarimonde. Depois de alguns encontros fugidios, Romuald (é este o nome do monge) assiste à morte de Clarimonde. A partir desse dia, ela começa a aparecer em seus sonhos. Esses sonhos têm aliás uma propriedade estranha: em vez de se formarem a partir das impressões do dia, constituem uma narrativa contínua. Nestes sonhos, Romuald não leva mais a existência austera de um monge, mas vive em Veneza, no fausto de festas ininterruptas. E ao mesmo tempo ele se apercebe de que Clarimonde se mantém viva graças ao sangue que vem sugar-lhe durante a noite...

Até aí, todos os acontecimentos podem ter uma explicação racional. Explicações que em grande parte o sonho fornece ("Deus queira que seja um sonho!", exclama Romuald (p. 79), parecendo-se nisso com Alvare em "Le Diable amoureux"); as ilusões dos sentidos, são uma outra. Assim: "Uma noite, passeando pelas aleias ladeadas de buxos de meu pequeno jardim, *pareceu-me* ver por entre as sebes uma forma de mulher" (p. 93); "Um instante *acreditei* mesmo ver seu pé se mexer..." (p. 97); "*Não sei se isso era uma ilusão ou um reflexo da lâmpada mas dir-se-ia que* o sangue recomeçava a circular sob aquela palidez opaca" (p. 99, o grifo é meu) etc. Enfim uma série de acontecimentos podem ser considerados como simplesmente estranhos, e devidos ao acaso; mas Romuald, está pronto a vê-los como a intervenção do diabo: "A estranheza da aventura, a beleza sobrenatural [!] de Clarimonde, o brilho fosfórico de seus olhos, a impressão ardente de sua mão, a perturbação em que me lançou, a mudança súbita que se havia operado em mim, tudo isso provava claramente a presença do diabo, e aquela mão acetinada talvez não passasse da luva com que ele havia recoberto sua garra" (p. 90).

Pode ser, com efeito, o diabo, mas pode também ser exclusivamente o acaso. Permanecemos pois até aí no fantástico puro. Ora neste momento dá-se um acontecimento que imprime novo rumo à narrativa. Um outro abade, Sérapion, toma conhecimento (não se sabe como) da aventura de Romuald; leva este último até o cemitério onde repousa Clarimonde; desenterra o caixão, abre-o e Clarimonde aparece, tão fresca quanto no dia de sua morte, com uma gota de sangue nos lábios... Tomado de piedosa cólera, o abade Sérapion joga água benta sobre o cadáver. "A pobre Clarimonde mal tinha sido tocada pelo santo orvalho quando o seu belo corpo pulverizou-se, transformando-se numa horrível mistura informe de cinzas e ossos meio calcinados" (p. 116). Toda esta cena, e em particular a metamorfose do cadáver, não pode ser explicada pelas leis da natureza tais como são conhecidas; estamos realmente no fantástico-maravilhoso.

Exemplo semelhante se encontra em "Vera" de Villiers de l'Isle-Adam. Aqui também, ao longo de toda a novela, pode-se hesitar entre: crer na vida depois da morte; ou julgar o conde, que nisso acredita, louco. Mas no final, o conde descobre em seu quarto a chave do túmulo de Vera; ora, esta chave, ele mesmo a tinha jogado no interior do túmulo; é forçoso então que seja Vera, a morta, quem a tenha trazido.

Existe enfim um "maravilhoso puro" que, assim como o estranho, não tem limites claros (vimos no capítulo precedente que obras extremamente diversas contêm elementos de maravilhoso). No caso do maravilhoso, os elementos sobrenaturais não provocam qualquer reação particular nem nas personagens, nem no leitor implícito. Não é uma atitude para com os acontecimentos narrados que caracteriza o maravilhoso, mas a própria natureza desses acontecimentos. Vê-se – observemos de passagem – até que ponto era arbitrária a antiga distinção entre forma e conteúdo: o acontecimento evocado, pertencente tradicionalmente ao "conteúdo", torna-se aqui um elemento "formal". O inverso é também verdadeiro: o procedimento estilístico (logo "formal") de modalização pode ter, já o vimos a propósito de *Aurélia*, um conteúdo preciso.

Relaciona-se geralmente o gênero maravilhoso ao do conto de fadas; de fato, o conto de fadas não é senão uma das variedades do maravilhoso e os acontecimentos sobrenaturais aí não provocam qualquer surpresa: nem o sono de cem anos, nem o lobo que fala, nem os dons mágicos das fadas (para citar apenas alguns elementos dos contos de Perrault). O que distingue o conto de fadas é uma certa escritura, não o estatuto do sobrenatural. Os contos de Hoffmann ilustram perfeitamente esta diferença: "Quebra-nozes e o Rei dos camundongos", "A Criança estrangeira", "A Noiva do rei" pertencem, por características de escritura, ao conto de fadas; "A Escolha de uma noiva", sempre mantendo o mesmo estatuto para o sobrenatural, não é um conto de fadas. Também seria necessário caracterizar *As Mil e uma noites* antes como contos maravilhosos do que como contos de fadas (esta questão exigiria um estudo particular).

Para delimitar exatamente o maravilhoso puro, convém dele afastar numerosos tipos de narrativa, onde o sobrenatural recebe ainda uma certa justificação.

1. Poder-se-ia falar inicialmente de um *maravilhoso hiperbólico*. Os fenômenos não são aqui sobrenaturais a não ser por suas dimensões, superiores às que nos são familiares. Assim em *As Mil e uma noites*, Sindbad o marujo afirma ter visto "peixes de cem e duzentos côvados de comprimento" ou "serpentes tão grossas e compridas que não havia uma que não engolisse um elefante" (p. 214). Mas talvez se trate de uma simples maneira de falar (estudaremos esta questão quando tratarmos da interpretação poética ou alegórica do texto); poder-se-ia dizer ainda, retomando um provérbio, que "os olhos do medo são grandes". Seja como for, esse sobrenatural não violenta excessivamente a razão.

2. Bastante próximo deste primeiro tipo de maravilhoso está o *maravilhoso exótico*. Narram-se aqui acontecimentos sobrenaturais sem apresentá-los como tais; supõe-se que o receptor implícito desses contos não conheça as regiões onde se desenrolam os acontecimentos; por conseguinte, não tem motivos para colocá-los em dúvida. A segunda viagem de Sindbad fornece alguns excelentes exemplos. Descreve no início o pássaro roca, de dimensões prodigiosas: ele escondia o sol, e "uma das patas do pássaro ... era tão grossa quanto um grosso tronco de árvore" (p. 241). Certamente este pássaro não existe para a zoologia contemporânea; mas os ouvintes de Sindbad estavam longe de ter tal certeza e, cinco séculos mais tarde, o próprio Galland escreve: "Marco Polo, em suas viagens, e o Padre Martini, em sua história da China, falam deste pássaro" etc. Um pouco mais tarde, Sindbad descreve de igual maneira o rinoceronte, que no entanto conhecemos bem: "Há na mesma ilha rinocerontes, que são animais menores que o elefante e maiores que o búfalo; eles têm um chifre sobre o nariz, de cerca de um côvado de comprimento; este chifre é sólido e cortado ao meio de uma extremidade à outra. Veem-se sobre ele traços brancos que representam a figura de um homem. O rinoceronte luta com o elefante, fura-o com o chifre por baixo do ventre, ergue-o e o carrega na cabeça; mas como o sangue e a gordura do elefante escor-

rem sobre seus olhos e o cegam, ele cai por terra, e, o que os surpreenderá [com efeito], o roca vem, ergue-os a ambos entre as garras e os carrega para nutrir seus filhotes" (pp. 244-245). Este *morceau de bravoure** mostra, pela mistura dos elementos naturais e sobrenaturais, o caráter particular do maravilhoso exótico. A mistura só existe evidentemente para nós, leitor moderno; o narrador implícito no conto situa tudo em um mesmo nível (o do "natural").

3. Um terceiro tipo de maravilhoso poderia ser chamado o *maravilhoso instrumental*. Aparecem aqui pequenos *gadgets***, aperfeiçoamentos técnicos irrealizáveis na época descrita, mas no final das contas perfeitamente possíveis. Na "História do Príncipe Ahmed" das *Mil e uma noites*, por exemplo, esses instrumentos maravilhosos são, no início: um tapete voador, uma maçã que cura, um "tubo" de longa visão; em nossos dias, o helicóptero, os antibióticos ou o binóculo, dotados das mesmas qualidades, não são absolutamente do domínio ao maravilhoso; o mesmo acontece com o cavalo voador em "A História do cavalo encantado". Ou com a pedra que gira na "História de Ali Babá": basta pensar em um filme de espionagem recente (*A Loura desafia o F.B.I.*) onde se vê um *safe**** secreto que se abre apenas quando a voz do proprietário pronuncia certas palavras. É preciso distinguir esses objetos, produtos do engenho humano, de certos instrumentos frequentemente semelhantes na aparência, mas cuja origem é mágica e que servem de comunicação com outros mundos: assim a lâmpada e o anel

---

* Não existe termo correspondente em português. "*Morceau de bravoure*: passagem de uma obra literária ou musical particularmente brilhante e escrita para chamar a atenção ou suscitar o entusiasmo." Larousse, *Dictionnaire du Français Contemporain*. (N. da T.)

** Em inglês no original. O *gadget*, palavra americana que significa "artigo engenhoso", *a mechanical contrivance or device*, da palavra francesa *gachette*, é um pequeno objeto ou acessório de um objeto maior (*gadgets* de automóveis) e pertence à classe dos diminutivos. Definição: "Objeto artificioso destinado a satisfazer essas pequenas funções particulares na vida diária". Abraham Moles, *O Kitsch* ("O que é o gadget? ", p. 206), tradução da Editora Perspectiva, Col. Debates. (N. da T.)

*** Em inglês no original. *Safe*: cofre, caixa-forte. (N. da T.)

de Aladim, ou o cavalo na "História do terceiro calândar", pertencem a um maravilhoso diferente.

4. O maravilhoso instrumental nos conduziu para bem perto daquilo que se chamava na França, no século XIX, o *maravilhoso científico*, e que se chama hoje *science-fiction*. Aqui, o sobrenatural é explicado de uma maneira racional mas a partir de leis que a ciência contemporânea não reconhece. Na época da narrativa fantástica, são as histórias em que intervém o magnetismo que pertencem ao científico maravilhoso. O magnetismo explica "cientificamente" acontecimentos sobrenaturais, porém, o próprio magnetismo pertence ao sobrenatural. Assim são "O Espectro noivo" ou "O Magnetizador" de Hoffmann; assim, "A Verdade sobre o caso de Mr. Valdemar" de Poe ou "Un fou?" de Maupassant. A *science-fiction* atual, quando não desliza para a alegoria, obedece ao mesmo mecanismo. São narrativas em que, a partir de premissas irracionais, os fatos se encadeiam de uma maneira perfeitamente lógica. Elas possuem igualmente uma estrutura da intriga, diferente da do conto fantástico; voltaremos a isto mais tarde (Cap. 10).

A todas estas variedades do maravilhoso "desculpado", justificado, imperfeito, opõe-se o maravilhoso puro, que não se explica de nenhuma maneira. Não cabe determo-nos neste ponto: primeiro, porque os elementos do maravilhoso, enquanto temas, serão examinados mais adiante (Caps. 7-8). Segundo, porque a aspiração ao maravilhoso enquanto fenômeno antropológico supera os limites de um estudo que se pretende literário. Isto será ainda menos lamentado se considerarmos que o maravilhoso tem sido, nesta perspectiva, objeto de livros muito penetrantes; e como conclusão, tomo emprestado a um deles, *Le Miroir du Merveilleux* de Pierre Mabille, uma frase que define bem o sentido do maravilhoso: "Para além da satisfação, da curiosidade, de todas as emoções que nos dão as narrativas, os contos e as lendas, para além da necessidade de distrair, de esquecer, de buscar sensações agradáveis ou terrificantes, a finalidade real da viagem maravilhosa é, já estamos em condições de compreendê-lo, a exploração mais total da realidade universal" (p. 24).

4. A POESIA E A ALEGORIA

*Novos perigos para o fantástico. – Poesia e ficção:
a categoria de representatividade. – A poesia
como opacidade do texto. – Dois sonhos extraídos
de Aurélia. – Sentido alegórico e sentido literal.
– Definições da alegoria. – Os graus da alegoria.
– Perrault e Daudet. – A alegoria indireta (Peau
de chagrin e "Vera") – A alegoria hesitante: Hoffmann e Edgar Poe. – A antialegoria: o Nariz de
Gógol.*

Vimos os perigos que rondam o fantástico em um primeiro nível, aquele em que o leitor implícito julga acontecimentos narrados identificando-se com a personagem.
Esses perigos são simétricos e inversos: ou o leitor admite
que esses acontecimentos na aparência sobrenaturais podem receber uma explicação racional, e passa-se então do
fantástico ao estranho; ou então admite sua existência como
tais, e encontramo-nos então no maravilhoso.

65

Mas os perigos que corre o fantástico não param aí. Se se passa a um outro nível, aquele em que o leitor – sempre implícito – se interroga não sobre a natureza dos acontecimentos, mas sobre a do próprio texto que os evoca, vê-se ainda uma vez o fantástico ameaçado em sua existência. Isto nos vai conduzir a um novo problema e, para resolvê-lo, deveremos precisar as relações do fantástico com dois gêneros vizinhos: a *poesia* e a *alegoria*. A articulação é aqui mais complexa do que a que regia as relações do fantástico com o estranho e com o maravilhoso. Primeiro, porque o gênero que se opõe à poesia, de um lado, e de outro, à alegoria, não é o fantástico exclusivamente mas, em cada caso, um conjunto muito mais vasto do qual faz parte o fantástico. Segundo porque, ao contrário do estranho e do maravilhoso, a poesia e a alegoria não estão entre si em oposição; cada uma se opõe por seu lado a um outro gênero (do qual o fantástico não é senão uma subdivisão); gênero que não é o mesmo nos dois casos. É preciso pois estudar as duas oposições separadamente.

Comecemos pela mais simples: *poesia* e *ficção*. Viu-se desde o início deste estudo que qualquer oposição entre dois gêneros deve repousar numa propriedade estrutural da obra literária. Esta propriedade vem a ser aqui a própria natureza do discurso, que pode ser ou não representativo. É preciso manejar com precaução o termo "representativo". A literatura não é representativa, no sentido em que certas frases do discurso cotidiano podem sê-lo, pois ela não se refere (no sentido preciso da palavra) a nada que lhe seja exterior. Os acontecimentos narrados por um texto literário são "acontecimentos" literários, e do mesmo modo que as personagens, interiores ao texto. Mas, recusar por isso à literatura qualquer caráter representativo, é confundir a referência com o referente, a aptidão para denotar os objetos com os próprios objetos. E ainda, o caráter representativo comanda uma parte da literatura, a que é cômodo designar pelo nome de *ficção*, enquanto que a *poesia* recusa esta aptidão para evocar e representar (esta oposição tende aliás a se esfumar na literatura do século XX). Não é por acaso que, no primeiro caso, os termos empregados correntemente são: personagens, ação, atmosfera, cenário etc. todos termos que designam também uma realidade não-textual. Ao contrário, quando se trata de poesia, somos levados a falar de rimas, de ritmo, de figuras retóricas etc. Esta oposição, como a maior parte das que se encontram em literatura, não é da ordem do tudo ou nada, mas antes de grau. A poesia comporta, também ela, elementos representativos; e a ficção, propriedades que tornam o texto opaco, não transitivo. Mas nem por isso a oposição deixa de existir.

Sem fazer aqui o histórico do problema, diremos que nem sempre predominou esta concepção da poesia. A controvérsia foi particularmente viva a propósito das figuras de retórica: devia-se ou não fazer das figuras um número igual de imagens, passar da fórmula à representação. Voltaire, por exemplo, dizia que "a metáfora, para ser boa, deve ser sempre uma imagem; de tal forma que um pintor possa representá-la no pincel" (*Remarques sur Corneille*). Esta exigência ingênua, à qual aliás nenhum poeta jamais satisfez, foi contestada desde o século XVIII; mas será preciso esperar, na França pelo menos, Mallarmé, para que se comece a tomar as palavras por palavras, não por suportes imperceptíveis das imagens. Na crítica contemporânea, foram os Formalistas russos os primeiros a insistir sobre a intransitividade das imagens poéticas. Chklovski evoca a propósito disto "a comparação de Tioutchev da aurora com demônios surdos-mudos, ou a de Gógol do céu com as casulas de Deus" (p. 77). Concorda-se hoje que as imagens poéticas não são descritivas, que devem ser lidas ao puro nível da cadeia verbal que constituem, em sua literalidade, e não realmente naquele de sua referência. A imagem poética é uma combinação de palavras, não de coisas, e é inútil, melhor: prejudicial, traduzir esta combinação em termos sensoriais.

Vê-se agora por que a leitura poética constitui um obstáculo para o fantástico. Se, lendo um texto, recusamos qualquer representação e consideramos cada frase como pura combinação semântica, o fantástico não poderá aparecer; este exige, recordamos uma reação aos acontecimentos tais quais se produzem no mundo evocado. Por esta razão, o fantástico não pode subsistir a não ser na ficção; a poesia não pode ser fantástica (ainda que haja antologias de "poesia fantástica"...). Resumindo, o fantástico implica ficção.

Geralmente, o discurso poético é assinalado por numerosas propriedades secundárias, e sabemos de imediato que, em determinado texto, não se deverá procurar o fantástico: as rimas, o metro regular, o discurso emotivo etc., dele nos afastam. Aí não existe grande risco de confusão. Mas certos textos em prosa exigem diferentes níveis de leitura. Referimo-nos ainda a *Aurélio*. Na maior parte do tempo, os sonhos narrados por Nerval devem ser lidos como ficção, é necessário imaginar o que descrevem. Eis um exemplo deste tipo de sonhos. "Um ser de tamanho desmesurado, – homem ou mulher, não sei –, volteava penosamente no espaço e parecia se debater entre nuvens espessas. Faltando-lhe fôlego e força, caiu enfim no meio do pátio escuro, enganchando e ferindo as asas pelos telhados e balaústres" (p. 255) etc. Este sonho evoca uma visão que é preciso tomar como tal; trata-se realmente aqui de um acontecimento sobrenatural.

Ora, eis agora um exemplo, tomado de um sonho dos *Memorables*, que ilustra uma outra atitude para com o texto. "Do seio das trevas mudas, duas notas ressoaram, uma grave, outra aguda, – e o orbe eterno se pôs imediatamente a girar! Abençoada sejas, ó primeira oitava que começa o hino divino! De domingo a domingo, enlaça todos os dias em tua rede mágica. Os montes te cantam aos vales, as fontes aos riachos, os riachos aos rios, e os rios ao Oceano; o ar vibra e a luz rompe harmoniosamente as flores nascentes. Um suspiro, um estremecimento de amor sai do seio entumescido da terra, e o coração dos astros se desenrola no infinito, afasta-se e volta-se sobre si mesmo, contrai-se e expande-se, e semeia ao longe os germes de novas criações" (pp. 311-312).

Se tentamos ultrapassar as palavras para atingir a visão, esta deverá ser classificada na categoria do sobrenatural: a oitava que enlaça os dias, o canto dos montes, dos vales etc., o suspiro que saí da terra. Mas não se deve tomar aqui este caminho: as frases citadas requerem uma leitura poética, elas não tendem a descrever um mundo evocado. Tal é o paradoxo da linguagem literária: é precisamente quando as palavras são empregadas em sentido figurado que devemos tomá-las literalmente.

Eis-nos conduzidos, pelo desvio das figuras retóricas, à outra oposição que nos preocupa: entre sentido *alegórico* e sentido *literal*. A palavra *literal* que empregamos aqui poderia ter sido utilizada, em um outro sentido, para designar esta leitura que acreditamos própria da poesia. É preciso precaver-se de confundir os dois empregos: em um dos casos, literal opõe-se a referencial, descritivo, representativo; no outro, o que nos interessa agora, trata-se antes daquilo que se chama também o sentido próprio, por oposição ao sentido figurado, aqui o sentido alegórico.

Comecemos por definir a alegoria. Como de hábito, não faltam definições passadas, e vão do mais estrito ao mais amplo. Curiosamente, a definição mais aberta é também a mais recente; encontra-se nesta verdadeira enciclopédia da alegoria que é o livro de Angus Fletcher, *Allegory.* "Falando em termos simples, a alegoria diz uma coisa e significa outra diferente", escreve Fletcher no início de seu livro (p. 2). Todas as definições são de fato, sabe-se, arbitrárias; mas esta não é absolutamente atraente: por sua generalidade, transforma a alegoria em quarto de despejo, em superfigura.

No outro extremo situa-se uma acepção do termo, igualmente moderna, bem mais restritiva, e que assim se poderia resumir: a alegoria é uma proposição de duplo sentido, mas cujo sentido próprio (ou literal) se apagou inteiramente. Assim nos provérbios. "Tanto vai o cântaro à fonte que um dia se quebra" – ninguém, ou quase ninguém, pensa, escutando estas palavras, em um cântaro, em fonte, na ação de quebrar; apreende-se imediatamente o sentido alegórico: correr riscos em demasia é perigoso etc. Assim entendida, a alegoria foi frequentemente estigmatizada pelos autores modernos, como contrária à literalidade.

A ideia que se fazia da alegoria na Antiguidade nos permitirá ir mais adiante. Quintiliano escreve: "Uma metáfora contínua se desenvolve em alegoria". Em outros termos, uma metáfora isolada indica apenas uma maneira figurada de falar; mas se a metáfora é contínua, seguida, revela a intenção segura de falar também de outra coisa além do objeto primeiro do enunciado. Esta definição é preciosa por ser formal, indica o meio pelo qual se pode identificar a alegoria. Se, por exemplo, fala-se inicialmente do Estado como de um navio, depois do chefe do Estado, chamando-o capitão, podemos dizer que a imagística marítima fornece uma alegoria do Estado.

Fontanier, o último grande retórico francês, escreve: "A alegoria consiste em uma proposição de duplo sentido, de sentido literal e de sentido espiritual simultaneamente" (p. 114); e o ilustra com o seguinte exemplo:

> J'aime mieux un ruisseau qui, sur la molle arène,
> Dans un pré plein de fleurs lentement se promène,
> Qu'un torrent debordé qui, d'un cours orageux,
> Roule plein de gravier sur un terrain fangeux.*

Poder-se-iam tomar estes quatro alexandrinos por uma poesia ingênua, de qualidade duvidosa, se se ignorasse que estes versos pertencem à *Art poétique* de Boileau; aquilo que Boileau visa não é evidentemente a descrição de um

---

* Prefiro um riacho que, sobre a mole areia, / Num prado cheio de flores lentamente passeia, / Do que uma torrente transbordante que, num curso tempestuoso / Rola cheia de saibro num terreno pantanoso.
A tradução dá simplesmente o sentido geral dos versos, sem a pretensão de recriar a emoção original. (N. da T.)

70

riacho mas a de dois estilos, como aliás Fontanier não deixa de explicar: "Boileau quer dar a entender que um estilo ornado e polido é preferível a um estilo impetuoso, desigual e sem regra" (p. 115). Não há evidentemente necessidade do comentário de Fontanier para se compreender isto; o simples fato do quarteto encontrar-se na *Art poétique* basta: as palavras serão tomadas em sentido alegórico.

Recapitulemos. Primeiramente, a alegoria implica na existência de pelo menos dois sentidos para as mesmas palavras; diz-se às vezes que o sentido primeiro deve desaparecer, outras vezes que os dois devem estar presentes juntos. Em segundo lugar, este duplo-sentido é indicado na obra de maneira *explicita*: não depende da interpretação (arbitrária ou não) de um leitor qualquer.

Apoiemo-nos nessas duas conclusões e voltemos ao fantástico. Se o que lemos descreve um acontecimento sobrenatural, e que exige no entanto que as palavras sejam tomadas não no sentido literal mas em um outro sentido que não remeta a nada de sobrenatural, não há mais lugar para o fantástico. Existe pois uma gama de subgêneros literários, entre o fantástico (que pertence a este tipo de textos que devem ser lidos no sentido literal) e a alegoria pura que guarda apenas o segundo sentido, alegórico; gama que se constituirá em função de dois fatores: o caráter explícito da indicação, e o desaparecimento do sentido primeiro. Alguns exemplos nos permitirão tornar esta análise mais concreta.

A fábula é o gênero que mais se aproxima da alegoria pura, onde o sentido primeiro das palavras tende a desaparecer completamente. Os contos de fadas, que comportam habitualmente elementos sobrenaturais, aproximam-se por vezes das fábulas; assim são alguns contos de Perrault. Neles o sentido alegórico acha-se *explicitado* no mais alto grau: nós o encontramos resumido, sob a forma de alguns versos, no fim de cada conto. Tomemos, por exemplo, "Riquet à la houppe". É a história de um príncipe, inteligente mas muito feio, que tem o poder de tornar tão inteligentes quanto ele as pessoas de sua escolha; uma princesa, muito bela mas tola, recebeu dom semelhante no que concerne à beleza. O príncipe torna a princesa inteligente; um ano mais tarde, depois de muita hesitação, a princesa concede beleza ao príncipe. São acontecimentos sobrenaturais; mas no próprio interior do conto, Perrault nos sugere que tomemos as palavras em um sentido alegórico. "Nem bem a princesa pronunciou essas palavras, Riquet do topete pareceu, a seus olhos, o homem mais belo do mundo, o mais perfeito e o mais amável que já tinha visto. Alguns asseguram que não foram absolutamente os encantos da fada que operaram, mas que só o amor fez a metamorfose. Dizem que a princesa, tendo refletido sobre a perseverança de seu amante, sobre sua discrição e todas as boas qualidades de seu espírito, não viu mais a deformidade de seu corpo nem a feiura de seu rosto; que sua corcunda pareceu-lhe apenas o aspecto simpático de um homem que como um gato arqueia as costas e que, em vez de notar que mancava horrivelmente, observou-lhe um certo jeito de inclinar-se que a encantava. Dizem ainda que os olhos vesgos, pareceram-lhe ainda mais brilhantes; que seu desregramento passou em seu espírito como o sinal de um violento acesso de amor, e que enfim seu enorme nariz vermelho teve para ela qualquer coisa de marcial e de heroico" (p. 252). Para se assegurar de que o haviam entendido bem, Perrault acrescenta ainda no fim uma "Moralidade":

> Ce que l'on voit dans cet écrit
> Est moins un conte en l'air que la vérité même.
> Tout est beau dans ce que l'on aime;
> Tout ce qu'on aime a de l'esprit*.

Depois destas indicações, evidentemente, desaparece o sobrenatural: cada um de nós recebeu o mesmo poder de metamorfose e é este o papel das fadas. A alegoria é igual-

---

* O que se vê neste escrito / É menos um conto no ar que a própria verdade. / Tudo é belo naquilo que se ama; / Tudo o que se ama tem espírito. (N. da T.)

72

mente evidente nos outros contos de Perrault. Ele mesmo, aliás, estava perfeitamente consciente disso, e nos prefácios às suas coletâneas trata principalmente deste problema sobre o sentido alegórico, que considera como essencial ("a moral, primordial em todos os tipos de fábulas...", p. 22).

É preciso acrescentar que o leitor (desta vez real e não implícito) tem perfeitamente o direito de não se preocupar com o sentido alegórico indicado pelo autor e de ler o texto nele descobrindo outro completamente diferente. É o que acontece hoje com Perrault: o leitor contemporâneo é tocado por uma simbólica sexual do que pela moral defendida pelo autor.

O sentido alegórico pode aparecer com a mesma clareza em obras que não são mais contos de fadas ou fábulas e sim novelas "modernas". "L'Homme à la cervelle d'or" de Alphonse Daudet ilustra este caso. A novela conta as desventuras de uma pessoa que tinha "o alto da cabeça e o cérebro de ouro" (pp. 217-218, cito a primeira edição segundo a antologia de Castex). Esta expressão – "de ouro" – é empregada em sentido próprio (e não no sentido figurado de "excelente"); todavia, desde o início da novela, o autor sugere que o sentido verdadeiro é precisamente o alegórico. Assim: "Confessarei mesmo que eu era dotado de uma inteligência que surpreendia as pessoas, e cujo segredo apenas meus pais e eu possuíamos. Quem não teria sido inteligente com um cérebro rico como o meu?" (p. 218). Este cérebro de ouro mostra ser frequentemente o único meio, para seu possuidor, de conseguir o dinheiro necessário, para si e os seus; e a novela, nos conta como o cérebro se esgota pouco a pouco. Cada vez que se faz um empréstimo ao ouro do cérebro, o autor não deixa de nos sugerir a "verdadeira" significação de um tal ato. "Nessas ocasiões uma terrível objeção se erguia diante de mim: este fragmento de cérebro que eu ia arrancar a mim próprio, não significaria o mesmo tanto de inteligência de que me privava? (p. 220). "Precisava de dinheiro; meu cérebro valia dinheiro e, com efeito, gastei meu cérebro" (p. 223). "O que sobretudo me espantava era a quantidade de riquezas contidas em meu cérebro e a tristeza que eu sentia em dissipá-las" (p. 224) etc. O recurso ao cérebro não apresenta qualquer perigo físico, mas ameaça, em compensação, a inteligência. E, exatamente como em Perrault, é acrescentado no fim, para o caso do leitor não ter ainda compreendido a alegoria: "Depois, enquanto me desolava e vertia todas as minhas lágrimas, acabei por pensar em tantos infelizes que vivem de seu cérebro como eu vivi do meu, nesses artistas, nesses literatos sem fortuna, obrigados a transformar em pão sua inteligência, e disse a mim mesmo que não devia ser o único aqui na terra a conhecer os sofrimentos do homem do cérebro de ouro" (p. 225).

Neste tipo de alegoria, o nível do sentido literal tem pouca importância; as inverossimilhanças que aí se encontram não desconcertam, estando toda a atenção dirigida para a alegoria. Acrescentemos que, em nossos dias, narrativas deste gênero são pouco apreciadas: a alegoria explícita é considerada como subliteratura (e é difícil não ver nesta condenação uma tomada de posição ideológica).

Avancemos agora um passo. O sentido alegórico permanece incontestável, mas é indicado por meios mais sutis que o de uma "Moralidade" colocada no fim do texto. *La Peau de chagrin* oferece aqui um exemplo. O elemento sobrenatural é a própria pele: primeiro por suas qualidades físicas extraordinárias (ela resiste a todas as experiências a que é submetida), segundo e sobretudo por seus poderes mágicos sobre a vida de seu possuidor. A pele traz uma inscrição que explica seu poder: é ao mesmo tempo a imagem da vida de seu dono (sua superfície corresponde ao comprimento da vida) e um meio para ele de realizar seus desejos; mas a cada desejo satisfeito, ela se retrai um pouco. Notemos a complexidade formal da imagem: a pele é metáfora quanto à vida, metonímia quanto ao desejo e estabelece uma relação de proporção inversa entre o que representa num e noutro caso.

A significação bem precisa que devemos atribuir à pele já nos convida a não fechá-la em seu sentido literal. Por

74

outro lado, várias personagens do livro desenvolvem teorias em que aparece esta mesma relação inversa entre o comprimento da vida e a realização dos desejos. É o caso do velho antiquário que entrega a pele a Raphaël: "Isto aqui, diz ele com voz estrepitosa mostrando a pele de chagrém, é o *poder* e o *querer* reunidos. Aqui se encontram vossas ideias sociais, vossos desejos excessivos, vossas intemperanças, vossas alegrias que matam, vossas dores que fazem viver intensamente" (p. 39). Esta mesma concepção encontra-se defendida por Rastignac, amigo de Raphaël, muito antes do aparecimento da pele. Rastignac sustenta que em vez de se suicidar rapidamente, poder-se-ia, mais agradavelmente, perder a vida nos prazeres; o resultado seria o mesmo. "A intemperança, meu caro, é a rainha de todas as mortes. Não leva ela à apoplexia fulminante? A apoplexia é um tiro de pistola que não erra o alvo. As orgias nos proporcionam todos os prazeres físicos; não é isso o ópio em pequenas quantidades?" etc. (p. 172). Rastignac diz no fundo a mesma coisa sobre o que significa a pele de chagrém: a realização dos desejos conduz à morte. O sentido alegórico da imagem é *indireto* mas claramente indicado.

Diversamente do que vimos a respeito do primeiro nível da alegoria, o sentido literal não se perde. A prova disso é que a hesitação fantástica se mantém (e sabe-se que esta se situa ao nível do sentido literal). A aparição da pele é preparada pela descrição da atmosfera estranha que reina na loja do velho antiquário; em seguida, nenhum dos desejos de Raphaël se realiza de maneira inverossímil. O festim que pede já tinha sido organizado por seus amigos; o dinheiro lhe chega sob a forma de uma herança; a morte de seu adversário, por ocasião do duelo, pode ser explicada pelo medo que deste se apodera diante da calma com que o enfrenta; enfim, a morte de Raphaël é devida, aparentemente, à tísica, e não a causas sobrenaturais. Só as propriedades extraordinárias da pele confirmam abertamente a intervenção do maravilhoso. Temos aí um exemplo em que o fantástico se acha ausente não por faltar a primeira condição (hesitação entre o estranho e o maravilhoso) mas pela falta da terceira: ele é morto pela alegoria, e uma alegoria que se manifesta indiretamente.

O mesmo caso em "Vera". Aqui a hesitação entre as duas explicações possíveis, a racional e a irracional, é mantida (a explicação racional seria a da loucura), em particular pela presença simultânea de dois pontos de vista, o do conde d'Athol e o do velho servidor Raymond. O conde acredita (e Villiers de l'Isle-Adam quer fazer o leitor acreditar) que à força de amar e de querer, pode-se vencer a morte, pode-se ressuscitar o ser amado. Esta ideia é sugerida indiretamente, inúmeras vezes: "D'Athol, com efeito, vivia absolutamente na inconsciência da morte de sua bem-amada! A forma da jovem estava tão mesclada à sua que só podia senti-la sempre presente" (p. 150). "Era uma negação da Morte, elevada, em suma, a uma potência desconhecida!" (p. 151). "Dir-se-ia que a morte brincava de invisível como uma criança. Ela se sentia tão amada! Era muito *natural*" (pp. 151-152). "Ah! as Ideias são seres vivos!... O conde tinha escavado no ar a forma de seu amor, e era mesmo preciso que esse vazio fosse preenchido pelo único ser que lhe fosse homogêneo, de outro modo o universo teria desmoronado" (p. 154). Todas estas fórmulas indicam claramente o sentido do acontecimento sobrenatural que virá, a ressurreição de Vera.

E o fantástico encontra-se com isso bem enfraquecido; tanto mais que a novela começa por uma fórmula abstrata que a torna semelhante ao primeiro grupo de alegorias; "O Amor é mais forte que a Morte, disse Salomão: sim, seu misterioso poder é ilimitado" (p. 143). Toda a narrativa surge assim como a ilustração de uma ideia; e o fantástico recebe com isso um golpe fatal.

Um terceiro grau no abrandamento da alegoria encontra-se na narrativa em que o leitor chega até a *hesitar* entre interpretação alegórica e leitura literal. Nada no texto indica o sentido alegórico; contudo, este sentido permanece possível. Tomemos alguns exemplos. A "História do reflexo perdido", incluída em *A Noite de São Silvestre* de Hoffmann, nos oferece um deles. É a história de um jovem alemão, Erasmo Spikher, que, por ocasião de uma estada na Itália, encontra uma certa Giulietta por quem fica loucamente apaixonado, esquecendo a mulher e o filho que o esperam em casa. Mas um dia ele deve voltar; esta separação o desespera e o mesmo acontece com Giulietta. "Giulietta apertou Erasmo vivamente contra o peito e disse em voz baixa: Deixa-me tua imagem refletida neste espelho, ó bem-amado, ela não me abandonará jamais". E, diante da perplexidade de Erasmo: "Não me concedes nem mesmo este sonho do teu *eu*, tal qual brilha neste espelho, diz Giulietta, tu que querias ser meu, de corpo e alma? Tu nem mesmo desejas que tua imagem permaneça comigo e me acompanhe através desta vida que será daqui por diante, sinto-o muito bem, sem prazer e sem amor, já que me abandonas? Uma torrente de lágrimas caiu dos belos olhos negros de Giulietta. Então Erasmo exclamou, transportado de dor e de amor: "É preciso que te deixe? Pois bem! que meu reflexo te pertença para sempre" (t. II, pp. 226-227).

Dito e feito: Erasmo perde seu reflexo. Estamos aqui ao nível do sentido literal: Erasmo não vê absolutamente nada quando se olha num espelho. Mas pouco a pouco, no curso das diferentes aventuras que lhe sucedem, uma certa interpretação do acontecimento sobrenatural será sugerida. O reflexo é identificado por vezes com a dignidade social; assim durante uma viagem, Erasmo é acusado de não ter reflexo. "Devorado pela raiva e pela vergonha, Erasmo foge para o quarto; porém mal tinha entrado alguém vem notificá-lo, por parte da polícia, de que deveria se apresentar no espaço de uma hora diante da autoridade com seu reflexo intacto e absolutamente semelhante, senão teria que deixar a cidade" (p. 230). Do mesmo modo, sua mulher lhe dirá mais tarde: "Aliás, podes facilmente imaginar que, sem reflexo, serás o escárnio de todo o mundo, e que não poderás ser um pai de família completo e de acordo com as regras da boa sociedade, capaz de inspirar respeito à mulher e aos filhos" (p. 235). Que estas personagens não se surpreendam de outro modo com a ausência do reflexo (acham isso antes desagradável do que surpreendente) faz-nos supor que esta ausência não deva ser tomada ao pé da letra.

Ao mesmo tempo, é-nos sugerido que o reflexo designa simplesmente uma parte da personalidade (e neste caso, não haveria nada de sobrenatural em perdê-lo). O próprio Erasmo reage assim: "Ele se esforçou por provar que era, na verdade, absurdo acreditar que se possa perder seu reflexo; mas que, caso isto sucedesse, não seria uma grande perda, porque todo reflexo não é senão uma ilusão, porque a contemplação de si mesmo conduz inevitavelmente à vaidade, e porque enfim semelhante imagem divide o verdadeiro *eu* em duas partes: verdade e sonho" (pp. 230-231). Aí está, parece, uma indicação quanto ao sentido alegórico que é preciso dar a este reflexo perdido; mas ela permanece isolada, não sustentada pelo resto do texto; o leitor tem pois realmente razão em hesitar antes de adotá-la.

"William Wilson", de Poe, oferece exemplo semelhante, a propósito, aliás, do mesmo tema. É a história de um homem perseguido por seu duplo; é difícil decidir se este duplo é um ser humano em carne e osso, ou se o autor nos propõe uma parábola onde o pretenso duplo não é senão uma parte da personalidade, uma espécie de encarnação da consciência. Fala em favor desta segunda interpretação, em particular, a semelhança totalmente inverossímil dos dois homens: têm o mesmo nome; nasceram na mesma data; entraram para a escola no mesmo dia; sua aparência e mais ainda sua maneira de andar são semelhantes. A única diferença importante – mas não teria ela também uma significação alegórica? – está na voz: "Meu rival tinha uma fraqueza no aparelho vocal, que o impedia de levantar a voz *acima de um sussurro muito baixo*" (N.H.E., p. 46). Não apenas esse duplo aparece, como por magia, em todos os instantes importantes da vida de William Wilson ("aquele que havia contrariado minha ambição em Roma, minha vingança em Paris, meu amor apaixonado em Nápoles, no Egito o que denominara injustamente minha cupidez", p. 58), como deixa-se identificar por atributos exteriores cuja existência é difícil de explicar. Assim foi com o sobretudo, durante o escândalo de Oxford: "O sobretudo que eu tinha trazido era de uma fazenda superior, – de uma raridade e de um preço extravagante, excusa dizê-lo. O corte era um corte fantasioso, de minha invenção... Assim quando o Sr. Preston me estendeu aquele que tinha apanhado do chão, perto da porta do quarto, foi com um espanto vizinho ao terror que me apercebi de que já tinha o meu no braço, onde o havia colocado provavelmente sem pensar, e que aquele que ele me apresentava era a exata contrafação do primeiro nos mais minuciosos detalhes" (pp. 56-57). A coincidência é, como vemos, excepcional; a menos que se diga que talvez não existam dois sobretudos mas um só.

O fim da história nos impele ao sentido alegórico. William Wilson desafia seu duplo a um duelo e o fere mortalmente; então "o outro", cambaleando, dirige-lhe a palavra: "Tu venceste, e eu sucumbo. Mas de hoje em diante estás também morto, – morto para o Mundo, para o Céu e para a Esperança! Em mim tu existias –, e vê em minha morte, vê por esta imagem que é a tua, como assassinastes radicalmente a ti próprio!" (p. 60). Essas palavras parecem explicitar plenamente a alegoria; contudo, permanecem significativas e pertinentes ao nível literal. Não se pode dizer que se trate de uma pura alegoria; estamos antes em face de uma hesitação do leitor.

"O Nariz" de Gógol constitui um caso-limite. Esta narrativa não observa a primeira condição do fantástico, a hesitação entre o real e ilusório ou imaginário, e coloca-se pois de imediato no maravilhoso (um nariz se desprende do rosto de seu proprietário e, transformado em pessoa, leva uma vida independente; a seguir, volta ao seu lugar). Mas muitas outras particularidades do texto sugerem uma perspectiva diferente e em particular a da alegoria. São inicialmente as expressões metafóricas que reintroduzem a palavra *nariz*: dela faz-se um sobrenome (Sr. Monnez)*; diz-se a Kovaliov, o herói da história, que não se privaria de nariz um homem de bem; enfim, transforma-se "tomar o nariz" em "deixar com o nariz", expressão idiomática que significa "deixar estupefato". O leitor tem pois alguma razão em se perguntar se, também em outras partes, o *nariz* não tem um outro sentido além do sentido literal. Além do mais, o mundo que Gógol descreve não é absolutamente um mundo do maravilhoso, como se poderia esperar; é, ao contrário, a vida de São Petersburgo em seus mais cotidianos detalhes. Portanto, os elementos sobrenaturais não estariam presentes para evocar um universo diferente do nosso; fica-se, por conseguinte, tentado a procurar para eles uma interpretação alegórica.

Mas, tendo chegado a este ponto, o leitor, perplexo, para. A interpretação psicanalítica (o desaparecimento do nariz significa, dizem-nos, a castração), mesmo que fosse satisfatória, não teria sentido alegórico: nada no texto nos convida a isto de forma explícita. Além do mais, a transformação do nariz em uma pessoa não seria explicada. E o mesmo vale para a alegoria social (o nariz perdido corresponde aqui ao reflexo perdido, em Hoffmann): há, é verdade, mais indicações em seu favor, mas ela não nos explica a transformação central. Por outro lado, o leitor tem diante dos acontecimentos uma impressão de gratuidade que contradiz a exigência do sentido alegórico. Este sentimento contraditório se revela com a conclusão: o autor nela se dirige diretamente ao leitor, tornando assim explícita essa função do leitor, inerente ao texto, e facilitando por isso mesmo a aparição de um sentido alegórico; mas, ao mesmo tempo, o que afirma, é que este sentido não pode ser encontrado. "Porém o mais estranho, o mais inexplicável, é que certos autores possam escolher tais assuntos. (...) Em primeiro lugar, o país não obtém com isso qualquer vantagem; em segundo lugar... bem em segundo lugar tampou-

---

* Monnez – sobrenome constituído de duas palavras em francês: *mon* (meu) e *nez* (nariz). (N. da T.)

co o autor obtém qualquer vantagem com isso" (p. 112). A impossibilidade de se atribuir um sentido alegórico aos elementos sobrenaturais do conto remete-nos ao sentido literal. Neste nível, "O Nariz" torna-se encarnação pura do absurdo, do impossível: mesmo se aceitássemos as metamorfoses, não se poderia explicar a ausência de reação das personagens que as testemunham. O que Gógol afirma é precisamente o contrassenso.

"O Nariz" coloca portanto duplamente o problema da alegoria: por um lado mostra que se pode suscitar a impressão de que haja um sentido alegórico que permanece, na verdade, ausente; por outro, ao contar as metamorfoses de um nariz, conta as próprias aventuras da alegoria. Por estas propriedades (e algumas outras), "O Nariz" anuncia o que se tornará a literatura do sobrenatural no século XX (cf. Cap. 10).

Resumamos nossa exploração. Distinguiram-se vários graus, da alegoria evidente (Perrault, Daudet) à alegoria ilusória (Gógol) passando pela alegoria indireta (Balzac, Villiers de l'Isle-Adam) e a alegoria "hesitante" (Hoffmann, Edgar Poe). Em cada caso, o fantástico se acha posto em questão. É preciso insistir no fato de que não se pode falar de alegoria a menos que dela se encontrem indicações explícitas no interior do texto. Senão, passa-se à simples interpretação do leitor; por conseguinte, não existiria mais texto literário que não fosse alegórico, pois é próprio da literatura ser interpretada e reinterpretada infinitamente por seus leitores.

5. O DISCURSO FANTÁSTICO

Por que nosso trabalho não está terminado. – O discurso figurado. – O maravilhoso hiperbólico. – E aquele que vem do sentido literal das figuras. – As figuras como etapas para o sobrenatural. – O narrador representado. – Ele facilita a identificação. – É improvável mas possível que o seu discurso seja falso. – A gradação, não-obrigatória. – Mas a irreversibilidade da leitura, obrigatória. – Histórias fantásticas, romances policiais e chistes.

Acabamos de situar o fantástico com relação a dois outros gêneros, a poesia e a alegoria. Nem toda ficção, nem todo sentido literal está ligado ao fantástico; mas todo fantástico está ligado à ficção e ao sentido literal. Estas são pois condições necessárias para a existência do fantástico.

Pode-se dar agora a definição do fantástico por completa e explícita. O que resta fazer, quando se estuda um gênero? Para responder a esta pergunta, é preciso recordar uma das premissas de nossa análise, brevemente mencionada na discussão inicial. Postulamos que todo texto literário funciona como um sistema; o que quer dizer que existem relações necessárias e não-arbitrárias entre as partes constitutivas deste texto. Cuvier, lembramo-nos, tinha suscitado a admiração de seus contemporâneos, reconstruindo a imagem de um animal a partir da única vertebra de que dispunha. Conhecendo a estrutura da obra literária, deveríamos poder, a partir do conhecimento de um só traço, reconstruir todos os outros. A analogia é aliás válida precisamente ao nível do gênero: Cuvier, também ele, pretendia definir a espécie, não o animal individual.

Admitido este postulado, é fácil compreender por que nosso trabalho não está terminado. Não é possível que um dos traços da obra seja fixado sem que todos os outros sejam influenciados por ele. É preciso portanto descobrir como a escolha deste traço afeta os outros, evidenciar suas repercussões. Se a obra literária forma verdadeiramente uma estrutura, é preciso que encontremos, em todos os níveis, consequências desta percepção ambígua do leitor pela qual o fantástico é caracterizado.

Ao colocar esta exigência, devemos ao mesmo tempo nos precaver contra os excessos a que se deixaram arrastar muitos autores ao tratar do fantástico. Alguns apresentaram assim *todos* os traços da obra como obrigatórios, chegando por vezes aos mínimos detalhes. No livro de Penzoldt sobre o fantástico, encontra-se por exemplo uma descrição minuciosa do romance negro (aliás, esta não se pretende original). Penzoldt indica com exatidão até a existência de armadilhas e catacumbas, menciona o cenário medieval, a passividade do fantasma etc. Tais detalhes podem ser historicamente verdadeiros e não é o caso de se negar a existência de uma organização ao nível do "significante" literário primeiro; mas é difícil (pelo menos no estado atual de nossos conhecimentos) encontrar para eles uma justificação teórica; deve-se estudá-los a propósito de cada obra particular, e não a partir da perspectiva do gênero. Limitar-nos-emos aqui unicamente aos traços muito gerais, sobre

84

os quais possamos dar a razão estrutural. Não se atribuirá, além do mais, a mesma atenção a todos os aspectos: passaremos brevemente em revista alguns traços da obra que dependem de seus aspectos verbal e sintático, enquanto que o aspecto semântico nos prenderá até o fim de nossa pesquisa.

Comecemos por três propriedades que mostram particularmente bem como se realiza a unidade estrutural. A primeira depende do enunciado, a segunda da enunciação (ambas, portanto, do aspecto verbal); a terceira do aspecto sintático.

I. O primeiro traço assinalado é um certo emprego do discurso figurado. O sobrenatural nasce frequentemente do fato de se tomar o sentido figurado ao pé da letra. De fato, as figuras retóricas estão ligadas ao fantástico de várias maneiras, e devemos distinguir estas relações.

Já falamos da primeira, a propósito do maravilhoso hiperbólico nas *Mil e uma noites*. O sobrenatural pode por vezes ter sua origem na imagem figurada, ser o seu último grau; como as imensas serpentes ou os pássaros nas narrativas de Sindbad: deslizamos, então, do hiperbólico ao fantástico. Encontra-se em "Vathek", de Beckford, um emprego sistemático deste procedimento: o sobrenatural aí aparece como um prolongamento da figura retórica. Eis alguns exemplos tirados da descrição da vida no palácio de Vathek. Este califa oferece enorme recompensa a quem decifrar uma inscrição; mas, para afastar os incapazes, decide punir os que não o conseguirem, queimando-lhes a barba "até o mínimo fio". Qual o resultado? "Os sábios, os semissábios e todos os que não eram nem uma coisa nem outra, mas que acreditavam ser tudo, vieram corajosamente arriscar sua barba, e todos a perderam. Os eunucos não faziam outra coisa senão queimar barbas; o que lhes dava um cheiro de queimado, com que as mulheres do serralho ficaram tão incomodadas, que foi preciso oferecer este emprego a outros" (pp. 78-79).

O *exagero* conduz ao sobrenatural. Eis uma outra passagem: o califa foi condenado pelo diabo a ter sempre sede; Beckford não se contenta em dizer que o califa engole muito líquido, mas evoca uma quantidade de água que nos conduz ao sobrenatural. "Uma sede sobrenatural [!] o consumiu; e sua boca aberta como um funil, recebia dia e noite torrentes de líquido" (p. 80). "Todos se apressavam a encher grandes taças de cristal de rocha, e lhes apresentava, disputando o privilégio de servi-lo; mas o zelo deles não respondia à sua avidez; frequentemente ele se deitava no chão para lamber a água" (p. 81).

O exemplo mais eloquente é o do indiano que se transforma em bola. A situação é a seguinte: o indiano, que é um subdiabo disfarçado, participara da refeição do califa; mas se comporta tão mal que Vathek não se contém mais: "Com um pontapé, joga-o do estrado, segue-o e nele bate com uma rapidez que impele todo o Conselho a imitá-lo. Todos os pés estão no ar: não o haviam ainda chutado, e já se sentiam forçados a fazê-lo outra vez.

"O indiano favorecia o jogo. Como fosse baixo, encolheu-se como bola, e rolava sob os golpes dos atacantes, que o seguiam por todos os lados em um encarniçamento inaudito. Rolando assim de cômodo em cômodo, de quarto em quarto, a bola atraía atrás de si todos os que encontrava" (p. 84). Assim, da expressão "encolher-se como bola", passa-se a uma verdadeira metamorfose (como imaginar, senão assim, esse rolar de cômodo em cômodo?), e a perseguição assume pouco a pouco proporções gigantescas. "Depois de ter percorrido desta forma as salas, os quartos, as cozinhas, os jardins e as cavalariças do palácio, o indiano tomou por fim a direção dos pátios. O califa, mais encarniçado que os outros, o seguia de perto, e lhe dava tantos pontapés quanto podia: seu zelo foi motivo para que ele próprio recebesse alguns ataques dirigidos à bola. (...) Bastava ver esta bola infernal para ser atraído por ela. Os próprios Muezins, ainda que a tivessem visto só de longe, desceram de seus minaretes, e se juntaram à multidão. Esta aumentou a ponto de, logo, não sobrarem nas casas de Samarah senão paralíticos, mutilados, moribundos e crianças de peito das quais as amas se tinham desembaraçado para correr mais depressa (...). Enfim, o maldito indiano, sob esta forma de bola, depois de ter percorrido as ruas, as praças públicas, abandonou a cidade deserta, tomou o caminho da planície de Catul, e meteu-se por um vale ao pé da montanha das quatro fontes" (p. 87).

Este exemplo nos introduz já numa segunda relação das figuras retóricas com o fantástico: a que realiza então o sentido *próprio* de uma expressão *figurada*. Tivemos um exemplo no início de "Vera": a narrativa irá tomar ao pé da letra a expressão "o amor é mais forte que a morte". O mesmo procedimento existe em Potocki. Eis um episódio da história de Landulphe de Ferrara: "A pobre mulher estava com sua filha e ia sentar-se à mesa. Quando viu entrar seu filho, perguntou-lhe se Blanca viria jantar [ora, esta, amante de Landulphe, acaba de ser assassinada pelo irmão da mãe]. – Pudesse ela vir, diz Landulphe, e levar-te para o inferno, com teu irmão e toda a família dos Zampi! A pobre mãe caiu de joelhos e disse: – Oh! meu Deus! perdoai-lhe suas blasfêmias. Neste momento, a porta foi aberta com estrondo, e viu-se entrar um espectro lívido, dilacerado por golpes de punhal, e conservando no entanto uma terrível semelhança com Blanca" (p. 94). Assim, a simples praga, cujo sentido inicial não é mais percebido habitualmente, é aqui tomada ao pé da letra.

Mas é um terceiro emprego das figuras de retórica que mais nos interessará: nos dois casos precedentes, a figura era a fonte, a origem do elemento sobrenatural; a relação entre eles era diacrônica; no terceiro caso, a relação é *sincrônica*: a figura e o sobrenatural estão presentes no mesmo plano e sua relação é funcional, não "etimológica". Aqui a aparição do elemento fantástico é precedida por uma série de comparações, de expressões figuradas ou simplesmente idiomáticas, muito correntes na linguagem comum, mas que designam, se forem tomadas ao pé da letra, um acontecimento sobrenatural: precisamente aquele que ocorrerá no fim da história. Tivemos exemplos com "O nariz"; são aliás numerosos. Tomemos a "Vénus d'Ille" de Mérimée. O acontecimento sobrenatural ocorre quando uma estátua se anima e mata com seu abraço um recém-casado que cometera a imprudência de lhe deixar no dedo seu anel de casamento. Eis como o leitor é "condicionado" pelas expressões figuradas que precedem o acontecimento. Um dos camponeses descreve a estátua: "Ela nos fita com seus grandes olhos brancos... Parece que nos enxerga" (p. 145). Dizer dos olhos de um retrato que parecem vivos é uma banalidade; mas aqui esta banalidade nos prepara para uma "animação" real. Mais adiante, o recém-casado explica por que não quer enviar ninguém para buscar o anel deixado no dedo da estátua: "Aliás que pensariam aqui de minha distração? (...) Eles me chamariam de marido da estátua..." (p. 166). De novo, simples expressão figurada; mas no fim da história, a estátua se comportará com efeito como se fosse a esposa de Alphonse. E depois do acidente, eis como o narrador descreve o corpo morto de Alphonse: "Afastei sua camisa e vi em seu peito uma marca lívida que se prolongava sobre as costelas e as costas. Dir-se-ia que tivesse sido apertado por um círculo de ferro" (p. 173); "dir-se-ia": ora, é precisamente isto que a interpretação sobrenatural nos sugere. Do mesmo modo, também na narrativa que faz a jovem esposa depois da noite fatal: "Alguém entrou. (...) Depois de um instante, o leito gemeu como se tivesse sido sobrecarregado com um peso enorme" (p. 175). De cada vez, vê-se, a expressão figurada é introduzida por uma forma modal: "dir-se--ia", "eles me chamariam", "ter-se-ia dito", "como se".

Este procedimento não é absolutamente exclusivo de Mérimée; encontra-se em quase todos os autores do fantástico. Assim em "Inès de las Sierras", Nodier descreve a aparição de um ser estranho que devemos tomar por um espectro: "Não restava nada nesta fisionomia que pertencesse à terra..." (p. 682). Se se trata verdadeiramente de um espectro, deve ser aquele que, na lenda, pune os inimigos colocando-lhes sobre o coração a mão escaldante. Que faz precisamente Inès? "Isto é que é bom, diz Inès, jogando um dos braços em volta do pescoço de Sérgy (um dos assistentes), e pousando de quando em quando sobre seu coração uma mão tão incendiaria quanto aquela de que nos havia falado a lenda de Esteban" (p. 687); a comparação é duplicada por uma "coincidência". A mesma Inès, espectro em potencial, não se limita a isto: "Milagre! acrescentou de súbito. Algum demônio favorável introduziu furtivamente umas castanholas em meu cinto..." (p. 689).

O mesmo procedimento em "Vera", de Villiers de l'Isle-Adam: "Neles, o espírito penetrava tão bem no corpo, que suas formas lhes pareciam intelectuais..." (p. 147). "As pérolas estavam ainda mornas e seu reflexo nacarino mais suavizado, como pelo calor da carne [...]. Nessa noite a opala brilhava como se acabasse de ser deixada..." (p. 152): as duas sugestões da ressurreição são introduzidas por "como".

O mesmo procedimento em Maupassant: em "La Chevelure", o narrador descobre uma trança de cabelos na gaveta secreta de uma escrivaninha; logo terá a impressão de que esta cabeleira não está cortada mas que a mulher à qual pertence se acha também presente. Eis como se prepara esta aparição: "Um objeto... vos seduz, perturba, invade como um rosto de mulher". Ainda: "Acariciamo-lo [o bibelô] com o olho e com a mão como se fosse de carne; [...] Será contemplado com uma ternura de amante" (p. 142). Somos preparados assim para o amor "anormal" que conduzirá o narrador a este objeto inanimado, a cabeleira; e notamos ainda o emprego do "como se.

Em "Qui sait?": "O espesso aglomerado de árvores tinha o aspecto de um túmulo onde minha casa estivesse sepultada" (p. 96): eis-nos introduzidos de chofre na atmosfera sepulcral da novela. Ou mais tarde: "Eu avançava como um cavaleiro de tenebrosas épocas penetraria num local de sortilégios" (p. 104); ora, é precisamente num reino de sortilégios que entramos neste momento. O número e a variedade dos exemplos mostram claramente que não se trata

89

de um traço de estilo individual mas de uma propriedade ligada à estrutura do gênero fantástico.

As diferentes relações observadas entre fantástico e discurso figurado se esclarecem mutuamente. Se o fantástico utiliza continuamente figuras retóricas, é porque nelas encontrou sua origem. O sobrenatural nasce da linguagem, é ao mesmo tempo sua consequência e prova: o diabo e os vampiros não só existem apenas nas palavras, como também somente a linguagem permite conceber o que está sempre ausente: o sobrenatural. Este torna-se então um símbolo da linguagem, tal como as figuras de retórica, e a figura é, como vimos, a forma mais pura da literalidade.

II. O emprego do discurso figurado é um traço do enunciado; passemos agora à enunciação, e mais exatamente ao problema do narrador, para observar uma segunda propriedade estrutural da narrativa fantástica. Nas histórias fantásticas o narrador diz habitualmente "eu": é um fato empírico que se pode verificar facilmente. "Le Diable amoureux", o "Manuscrit trouvé à Saragosse", *Aurélia*, os contos de Gautier, os de Poe, a "Vénus d'Ille", "Inès de las Sierras", as novelas de Maupassant, algumas narrativas de Hoffmann: todas essas obras estão conformes à regra. As exceções são quase sempre textos que, de vários pontos de vista, afastam-se do fantástico.

Para compreender bem este fato, devemos voltar a uma de nossas premissas, e que concerne ao estatuto do discurso literário. Se bem que as frases do texto literário tenham o mais das vezes uma forma assertiva, não são verdadeiras assertivas, pois não satisfazem a uma condição essencial: a prova da verdade. Em outros termos, quando um livro começa por uma frase como "Jean estava em seu quarto deitado em sua cama" não temos o direito de nos perguntar se isso é verdadeiro ou falso; essa pergunta não faz sentido. A linguagem literária é uma linguagem convencional em que a prova de verdade é impossível: a verdade é uma relação entre as palavras e as coisas que estas designam; ora, em literatura, estas "coisas" não existem. Ao contrário, a literatura conhece uma exigência de validade ou de coerência interna: se na página seguinte do mesmo livro imaginário, nos dizem que não há nenhuma cama no quarto de Jean, o texto não responde à exigência de coerência, e por isso mesmo faz desta um problema, introduzindo-a em sua temática. Isto não é possível para a verdade. É preciso igualmente evitar confundir o problema da verdade com o da representação: *só a poesia recusa a representação, mas toda a literatura escapa à categoria do verdadeiro e do falso.*

Convém entretanto introduzir aqui uma distinção no próprio interior da obra: de fato só o que no texto é dado em nome do autor escapa à prova de verdade; a palavra das personagens, esta, pode ser verdadeira ou falsa, como no discurso cotidiano. O romance policial, por exemplo, joga constantemente com os falsos testemunhos das personagens. O problema torna-se mais complexo no caso de um narrador-personagem, de um narrador que diz "eu". Enquanto narrador, seu discurso não tem que se submeter à prova de verdade; mas enquanto personagem, ele pode mentir. Sabe-se que este duplo jogo foi explorado em um dos romances de Agatha Christie, *o Assassinato de Roger Ackroyd*, em que o leitor não suspeita nunca do narrador, esquecendo que este também é uma personagem.

O narrador representado convém pois perfeitamente ao fantástico. Ele é preferível à simples personagem, que pode facilmente mentir, como iremos ver por alguns exemplos. Mas ele é igualmente preferível ao narrador não representado, e isto por duas razões. Primeiro, se o acontecimento sobrenatural nos fosse contado por um narrador desse tipo estaríamos imediatamente no maravilhoso; não haveria possibilidade, com efeito, de duvidar de suas palavras; mas o fantástico, nós o sabemos, exige a dúvida. Não é por acaso que os contos maravilhosos usam raramente a primeira pessoa (assim, nem as *Mil e uma noites*, nem os contos de Perrault, nem os de Hoffmann, nem "Vathek"): não precisam disso, seu universo sobrenatural não deve suscitar dúvidas. O fantástico nos coloca diante de um dilema: acreditar ou não? O maravilhoso realiza esta união impossível, propondo ao leitor acreditar sem acreditar verdadeiramente. Em segundo lugar, e isto se liga à própria definição do fantástico, a primeira pessoa "que conta" é a que permite mais facilmente a identificação do leitor com a personagem, já que, como se sabe, o pronome "eu" pertence a todos. Além disso, para facilitar a identificação, o narrador será um "homem médio", em que todo (ou quase todo) leitor pode se reconhecer. Penetra-se assim da maneira mais direta possível no universo fantástico. A identificação que evocamos não deve ser tomada por um jogo psicológico individual: é um mecanismo interior ao texto, uma inscrição estrutural. Evidentemente, nada impede o leitor real de manter distância absoluta com relação ao universo do livro.

Alguns exemplos provarão a eficácia deste procedimento. Todo o "suspense" de uma novela como "Inès de las Sierras" repousa no fato de os acontecimentos inexplicáveis serem contados por alguém que é ao mesmo tempo um dos heróis da história e o narrador: trata-se de um homem como os outros, sua palavra é duplamente digna de confiança; em outros termos, os acontecimentos são sobrenaturais, o narrador é natural: excelentes condições para que o fantástico apareça. O mesmo acontece em "La Vénus d'Ille" (onde tendemos antes para o fantástico-maravilhoso, enquanto que estávamos no fantástico-estranho com Nodier): se o fantástico aparece, é que precisamente os indícios do sobrenatural (as marcas do abraço, os ruídos de passos na escada e, principalmente, a descoberta do anel no quarto de dormir) são observados pelo próprio narrador, um arqueólogo digno de confiança, inteiramente compenetrado das certezas da ciência. O papel representado nestas duas novelas pelo narrador lembra um pouco o de Watson, nos romances de Conan Doyle, ou o de seus numerosos avatares: testemunhas mais do que atores, nos quais é possível a qualquer leitor se reconhecer.

Assim, tanto em "Inès de las Sierras" como em "La Vénus d'Ille", o narrador-personagem facilita a *identificação*; outros exemplos ilustram a primeira função que revelamos: *autenticar* o que é contado, sem ser obrigado com isso a aceitar definitivamente o sobrenatural. Assim nesta cena do "Diable amoureux" em que Soberano dá provas de seus poderes mágicos: "Ele ergue a voz: Caldéron, diz, venha buscar o cachimbo, acenda-o e traga-o de volta para mim. Mal acabara de dar a ordem, vi desaparecer o cachimbo; e, antes que tivesse podido raciocinar sobre os meios, ou perguntar quem era este Caldéron encarregado das ordens, o cachimbo aceso estava de volta, e meu interlocutor havia retomado sua ocupação" (pp. 110-111).

O mesmo em "Un fou?" de Maupassant. "Havia sobre minha mesa uma espécie de faca-punhal de que me servia para abrir os livros. Ele esticou a mão para ela. Ela parecia arrastar-se, aproximava-se lentamente; e de repente eu vi, sim, eu vi a própria faca estremecer, depois mexeu-se, depois deslizou docemente, sozinha, sobre a madeira, na direção da mão parada que a esperava, e veio colocar-se sob os dedos. Pus-me a gritar de terror" (p. 135).

Em cada um desses exemplos, não duvidamos do testemunho do narrador; antes procuramos, com ele, uma explicação racional para estes fatos bizarros.

A personagem pode mentir, o narrador não deveria: tal é a conclusão que se poderia tirar do romance de Potocki. Dispomos de duas narrativas sobre um mesmo acontecimento, a noite passada por Alphonse com as duas primas: a de Alphonse, que não contém elementos sobrenaturais; e a de Pascheco, que vê as duas primas se transformarem em cadáveres. Mas enquanto que a narrativa de Alphonse não pode (quase) ser falsa, a de Pascheco poderia ser só mentira, como Alphonse suspeita (com razão, nós o saberemos mais tarde). Ou ainda, Pascheco poderia ter tido visões, ser louco etc.; mas não Alphonse, para que não se confunda com a instância sempre "normal" do narrador.

93

As novelas de Maupassant ilustram os diferentes graus de confiança que atribuímos às narrativas. Podem-se distinguir dois, segundo seja o narrador exterior à história ou um de seus agentes principais. Exterior, ele próprio pode ou não autenticar as falas da personagem, e o primeiro caso torna a narrativa mais convincente, como no extrato citado de "Un fou? ". Senão, o leitor ficará tentado a explicar o fantástico pela loucura, como em "La chevelure" e na primeira versão de "Le Horla"; ainda mais sendo o quadro da narrativa em ambos os casos uma casa de saúde.

Mas nas melhores novelas fantásticas – "Lui?", "La Nuit", "Le Horla", "Qui sait? " – Maupassant faz do narrador o próprio herói da história (é o procedimento de Edgar Poe e de muitos outros depois dele). Enfatiza-se então o fato de que se trata do discurso de uma personagem mais do que do discurso do autor: a palavra está sujeita a caução, e podemos muito bem supor que todas as personagens sejam loucas; entretanto, pelo fato de não serem introduzidas por um discurso distinto do narrador, emprestamo-lhes ainda uma confiança paradoxal. Não nos é dito que o narrador mente e a possibilidade de que possa mentir de algum modo estruturalmente nos choca; mas esta possibilidade existe (já que ele é também personagem), e – a hesitação pode nascer no leitor.

Façamos um resumo: o narrador representado convém ao fantástico pois facilita a necessária identificação do leitor com as personagens. O discurso deste narrador possui um estatuto ambíguo e os autores o têm explorado diferentemente enfatizando um ou outro de seus aspectos: quando concerne ao narrador, o discurso se acha aquém da prova de verdade; quando à personagem, deve se submeter à prova.

III. O terceiro traço da estrutura da obra que nos interessa aqui se liga a seu aspecto sintático. Sob o nome de *composição* (ou mesmo de "estrutura" tomado em um sentido muito pobre), este aspecto da narrativa fantástica tem frequentemente chamado a atenção dos críticos; encontramos a esse respeito um estudo bastante completo no livro de Penzoldt, que a isso consagra um capítulo inteiro. Eis, em resumo, a teoria de Penzoldt: "A estrutura da história de fantasmas ideal, escreve ele, pode ser representada como uma linha ascendente, que leva ao ponto culminante. (...) O ponto culminante de uma história de fantasmas é evidentemente a aparição do espectro (p. 16). A maior parte dos autores tenta atingir uma certa gradação, visando ao ponto culminante, inicialmente de maneira vaga, a seguir mais e mais diretamente" (p. 23). Esta teoria da intriga na narrativa fantástica é na verdade derivada da que Poe tinha proposto para a novela em geral. Para Edgar Poe, a novela se caracteriza pela existência de um efeito único, situado no fim da história; e pela obrigação de todos os elementos da novela contribuírem para este efeito. "Em toda obra, não deveria haver nem uma só palavra escrita que não tendesse direta ou indiretamente a realizar este projeto preestabelecido" (citado por Eikhenbaum, p. 207).

É possível encontrar exemplos que confirmem esta regra. Tomemos "La Vénus d'Ille" de Mérimée. O efeito final (ou o ponto culminante, conforme os termos de Penzoldt) reside na animação da estátua. Desde o começo, diferentes detalhes nos preparam para este acontecimento; e do ponto de vista do fantástico, esses detalhes formam uma perfeita gradação. Como se acabou de ver, desde as primeiras páginas um camponês conta ao narrador a descoberta da estátua e a caracteriza como um ser vivo (ela é "malvada", "ela nos encara"). É-nos descrita a seguir a verdade de seu aspecto para concluir por "uma certa ilusão que lembrava a realidade, a vida". Ao mesmo tempo desenvolvem-se os outros temas da narrativa: o casamento profanatório de Alphonse, as formas voluptuosas da estátua. A seguir vem a história do anel, deixado por acaso no anular da Vénus: Alphonse não consegue retirá-lo. "A Vénus fechou o dedo", afirma ele, para concluir em seguida: "é minha mulher, aparentemente". A partir daí, defrontamo-nos com o sobrenatural, ainda que ele permaneça fora do campo de nossa visão: são os passos que fazem estalar a escada, "o leito cuja madeira estava quebrada", as marcas no corpo de Alphonse, o anel reencontrado no quarto, "algumas pegadas profundamente marcadas na terra", a narrativa da noiva, enfim a prova de que as explicações racionais não são satisfatórias. A aparição final foi pois cuidadosamente preparada, e a animação da estátua segue uma gradação regular: inicialmente ela teve apenas o aspecto de um ser vivo, a seguir a personagem afirma que ela fechou o dedo, no fim ela parece ter matado esta mesma personagem. "Inès de las Sierras", de Nodier, desenvolve-se segundo uma gradação semelhante.

Mas outras novelas fantásticas não comportam gradação igual. Tomemos "La Morte amoureuse", de Gautier. Até a primeira aparição de Clarimonde em sonho, há uma certa gradação, ainda que imperfeita; mas a seguir, os acontecimentos que sobrevêm não são nem mais nem menos sobrenaturais – até o desenlace, que é a decomposição do cadáver de Clarimonde. O mesmo acontece com as novelas de Maupassant: o ponto culminante do fantástico, "Le Horla", não é absolutamente o fim, mas antes a primeira aparição. "Qui sait?" oferece ainda uma outra organização: não há de fato aqui nenhuma preparação para o fantástico antes de sua brusca irrupção (o que o precede é mais uma análise psicológica indireta do narrador); a seguir produz-se o acontecimento: os móveis sozinhos deixam a casa. Depois o elemento sobrenatural desaparece durante certo tempo; reaparece, mas enfraquecido, durante a descoberta dos móveis na loja de antiguidades; e readquire todos os seus direitos pouco antes do fim, por ocasião do retorno dos móveis à casa. Em si mesmo, entretanto, o fim não contém mais qualquer elemento sobrenatural; é no entanto sentido pelo leitor como um ponto culminante. Penzoldt dá destaque aliás a construção semelhante em uma de suas análises, e conclui: "Pode-se representar a estrutura destes contos não como a habitual linha ascendente que conduz a um ponto culminante único, mas como uma linha reta horizontal que, depois de ter subido levemente durante a introdução, permanece fixa em um nível justo abaixo do ponto culminante habitual" (p. 129). Mas uma tal observação invalida evidentemente a generalidade da lei precedente. Notemos de passagem a tendência, comum a todos os críticos formalistas, a representar a estrutura da obra segundo uma figura espacial.

Estas análises nos conduzem à seguinte conclusão: existe na verdade um traço da narrativa fantástica que é obrigatório, mas ele é mais geral do que o apresentava inicialmente Penzoldt; e não se trata de uma gradação. Por outro lado, é preciso explicar por que este traço é necessário ao gênero fantástico.

Voltemos uma vez ainda à nossa definição. O fantástico, diferentemente de muitos outros gêneros, comporta *numerosas* indicações a respeito do papel que o leitor irá representar (o que não quer dizer que todo texto não o faça). Vimos que esta propriedade depende, geralmente, do processo de enunciação, tal como se apresenta no próprio interior do texto. Um outro importante constituinte deste processo é sua temporalidade: toda obra contém uma indicação quanto ao tempo de sua percepção; a narrativa fantástica, que marca fortemente o processo de enunciação, enfatiza ao mesmo tempo este tempo da leitura. Ora, a primeira característica deste tempo é ser, por convenção, irreversível. Todo texto comporta uma indicação implícita: a de que é necessário lê-lo do começo ao fim, do alto da página até embaixo. Isto não quer dizer que não existam textos que nos obriguem a modificar esta ordem; mas esta modificação adquire todo o seu sentido precisamente com relação à convenção que implica a leitura da esquerda para a direita. O fantástico é um gênero que acusa esta convenção mais claramente que os outros.

Deve-se ler um romance comum (não fantástico), um romance de Balzac, por exemplo, do começo ao fim; mas se, por capricho, o capítulo cinquenta é lido antes do quatro, a perda sofrida não é tão grande quanto se se tratasse de uma narrativa fantástica. Se se conhece desde o início o fim de uma tal narrativa, todo o jogo fica falseado, porque o leitor não pode mais seguir passo a passo o processo de identificação; ora, esta é a primeira condição do gênero. Não se trata aliás necessariamente de uma gradação, mesmo que esta figura, que implica a ideia do tempo, seja frequente. Em "La Morte amoureuse" como em "Qui sait?" há irreversibilidade do tempo sem gradação.

Eis por que a primeira e a segunda leitura de um conto fantástico dão impressões muito diferentes (muito mais do que num outro tipo de narrativa); de fato, à segunda leitura, a identificação não é mais possível, a leitura torna-se inevitavelmente metaleitura: ressaltam-se os procedimentos do fantástico, em vez de padecer-lhes os encantos. Nodier, que sabia disto, fazia o narrador de "Inès de las Sierras" dizer no fim da história: "Não sou capaz de conferir-lhe tanto atrativo que a queiram ouvi-la duas vezes" (p. 175).

Notemos finalmente que a narrativa fantástica não é a única a enfatizar assim o tempo de percepção da obra: o romance policial de mistério marca-o ainda mais. Já que existe uma verdade a ser descoberta, seremos colocados em face de uma cadeia rigorosa da qual não se pode deslocar o menor elo; por esta mesma razão, e não por causa de uma eventual fraqueza de escritura, não se releem romances policiais. O chiste parece conhecer restrições semelhantes; a descrição de Freud se aplica de perto a todos os gêneros de temporalidade acentuada: "Em segundo lugar, compreendemos esta particularidade do chiste, que consiste em só realizar plenamente seu efeito sobre o ouvinte quando tiver para ele a atração da novidade, quando o surpreender. Esta propriedade, responsável pela vida efêmera dos chistes e pela necessidade de recriá-los incessantemente, deve-se aparentemente ao fato de que é da própria natureza da surpresa ou armadilha, não funcionar uma segunda vez. Quando se repete um chiste, a atenção é orientada para a lembrança da primeira narrativa" (*Le mot d'esprit*, pp. 176-177). A surpresa não é senão um caso particular da temporalidade irreversível: assim, a análise abstrata das formas verbais nos faz descobrir parentescos onde a primeira impressão nem sequer os suspeitava.

6. OS TEMAS DO FANTÁSTICO: INTRODUÇÃO

Por que o aspecto semântico é tão importante? –As funções pragmática, sintática e semântica do fantástico. – Temas fantásticos e temas literários em geral. – O fantástico, experiência dos limites. – Forma, conteúdo, estrutura. – A crítica temática.–Seu postulado sensualista. – Seu postulado expressivo. – O estudo dos temas fantásticos: visão geral. – Dificuldades oriundas da própria natureza dos textos. – A maneira como procederemos.

Devemos nos voltar agora para o terceiro aspecto da obra, que chamamos semântico ou temático e sobre o qual iremos nos deter mais longamente. Por que enfatizar precisamente este aspecto? A resposta é simples: o fantástico se define como uma *percepção* particular de acontecimentos estranhos; descrevemos demoradamente esta percepção. Precisamos agora examinar de perto a outra parte da fórmula: os acontecimentos estranhos em si mesmos. Ora, ao qualificar um acontecimento de estranho, designamos um fato de ordem semântica. A distinção entre sintaxe e semântica, tal como é aqui colocada, poderia ser explicitada da seguinte maneira: um acontecimento será considerado como um elemento sintático na medida em que faça parte de uma figura maior, em que estabeleça relações de contiguidade com outros elementos mais ou menos próximos. Em compensação, o mesmo acontecimento formará um elemento semântico a partir do momento em que nós o comparamos a outros elementos, semelhantes ou opostos, sem que estes tenham com o primeiro uma relação imediata. O semântico nasce da paradigmática, da mesma maneira que a sintaxe se constrói sobre a sintagmática. Falando de um acontecimento *estranho*, não levamos em conta suas relações com os acontecimentos contíguos, mas sim daquelas que o ligam a outros acontecimentos, afastados na cadeia, mas semelhantes ou opostos.

No final das contas, a história fantástica pode se caracterizar ou não por tal composição, por tal "estilo"; mas sem "acontecimentos estranhos", o fantástico não pode nem mesmo aparecer. O fantástico não consiste, certamente, nestes acontecimentos, mas estes são para ele uma condição necessária. Daí a atenção que lhes damos.

Seria possível delimitar o problema de um outro modo, partindo das *funções* que o fantástico tem dentro da obra. Convém perguntar: qual a contribuição dos elementos fantásticos para uma obra? Uma vez colocado deste ponto de vista funcional, pode-se chegar a três respostas. Primeiramente o fantástico produz um efeito particular sobre o leitor – medo, ou horror, ou simplesmente curiosidade –, que os outros gêneros ou formas literárias não podem provocar. Em segundo lugar, o fantástico serve à narração, mantém o suspense: a presença de elementos fantásticos permite à intriga uma organização particularmente fechada. Finalmente, o fantástico tem uma função à primeira vista tautológica: permite descrever um universo fantástico, e este universo nem por isto tem qualquer realidade fora da linguagem; a descrição e o descrito não são de natureza diferente.

A existência de três funções e de somente três (neste nível de generalidade) não é casual. A teoria geral dos signos – e sabemos que a literatura dela depende – nos diz que há três funções possíveis para um signo. A função pragmática responde à relação que os signos mantêm com seus usuários, a função sintática cobre as relações dos signos entre si, a função semântica visa à relação dos signos com aquilo que designam, com sua referência.

Não trataremos aqui da primeira função do fantástico: ela depende de uma psicologia da leitura bastante estranha à análise propriamente literária que pretendemos. Quanto à segunda, já assinalamos certas afinidades entre fantástico e composição, e a isto voltaremos no fim deste estudo. É a terceira função que reterá nossa atenção; e nos consagraremos, a partir de agora, ao estudo de um universo semântico particular.

Pode-se fornecer imediatamente uma resposta simples, mas que não se refere ao fundo da questão. É razoável supor que aquilo de que fala o fantástico não é qualitativamente diferente daquilo de que fala a literatura em geral, mas que nela existe uma diferença de intensidade que alcança o seu ponto máximo com o fantástico. Em outros termos, e voltamos assim a uma expressão já utilizada a propósito de Edgar Poe, o fantástico representa uma experiência dos limites. Não nos iludamos: esta expressão não explica ainda nada. Falar dos "limites" – que podem ser de mil tipos – de um *continuum* do qual ignoramos tudo, é, de qualquer modo, permanecer na indeterminação. Entretanto, esta hipótese nos traz duas indicações úteis: inicialmente, qualquer estudo dos temas do fantástico encontra-se em relação de contiguidade com o estudo dos temas literários em geral; a seguir, o superlativo, o excesso serão a norma do fantástico. Tentaremos levá-lo em conta constantemente.

Uma tipologia dos temas do fantástico será então homóloga à tipologia dos temas literários em geral. Em vez de nos alegrarmos com isso, só podemos deplorar este fato. Pois tocamos aí no problema mais complexo, no menos claro de toda a teoria literária, e que é: *como falar daquilo de que fala a literatura?*

Esquematizando o problema, poder-se-ia dizer que dois perigos simétricos devem ser temidos. O primeiro seria reduzir a literatura a um puro conteúdo (em outras palavras, prender-se unicamente a seu aspecto semântico); atitude que levaria a ignorar a especificidade literária, que colocaria a literatura no mesmo plano, por exemplo, do discurso filosófico; estudar-se-iam os temas, mas eles não teriam mais nada de literário. O segundo perigo, inverso, consistiria em reduzir a literatura a uma pura "forma" e em negar a pertinência dos temas para a análise literária. Sob o pretexto de que só conta em literatura o "significante", a percepção do aspecto semântico é recusada (como se a obra não fosse significante em todos os seus múltiplos níveis).

É fácil ver em que cada uma destas opções é inaceitável: o que se diz é tão importante em literatura quanto a maneira como se diz, o "o que é" vale tanto quanto o "como", e inversamente (supondo, o que não pensamos, que se possam distinguir os dois). Mas não caberia acreditar que a atitude correta consiste numa mistura equilibrada das duas tendências, numa dosagem razoável de estudo de formas e estudo de conteúdos. A própria distinção entre forma e conteúdo deve ser superada (esta frase certamente é banal ao nível da teoria mas conserva toda a atualidade quando examinamos os estudos críticos individuais de hoje). Uma das razões de ser do conceito de estrutura é certamente esta: superar a antiga dicotomia da forma e do fundo, para considerar a obra como totalidade e unidade dinâmica.

Na concepção da obra literária, tal qual a propusemos até o momento, os conceitos de forma e conteúdo não apareceram em parte alguma. Falamos de muitos aspectos da obra, cada qual possuindo sua estrutura e permanecendo ao mesmo tempo significativo; nenhum dentre eles é exclusivamente pura forma ou puro conteúdo. Poder-se-ia dizer: os aspectos verbal e sintático são mais "formais" que o aspecto semântico, é possível descrevê-los sem nomear o sentido de uma obra em particular; ao contrário, falando do aspecto semântico, não podemos evitar a preocupação com o sentido da obra e portanto fazer aparecer um conteúdo.

É preciso dissipar desde logo este mal-entendido, já que assim podemos precisar melhor a tarefa que nos espera. Não se deve confundir o estudo dos temas, tal qual o entendemos aqui, com a interpretação crítica de uma obra. Consideramos a obra literária como uma estrutura que pode receber um número indefinido de interpretações; estas dependem do tempo e do lugar de sua enunciação, da personalidade do crítico, da configuração contemporânea das teorias estéticas, e assim por diante. Nossa tarefa, ao contrário, é a descrição desta estrutura oca que impregna as interpretações dos críticos e dos leitores. Permaneceremos tão longe da interpretação das obras particulares quanto estávamos ao tratar do aspecto verbal ou sintático. Como anteriormente, trata-se mesmo de descrever uma configuração mais do que nomear um sentido.

Parece que, se aceitamos a contiguidade dos temas fantásticos com os temas literários em geral, nossa tarefa torna-se de uma extrema dificuldade. Dispúnhamos de uma teoria global concernente aos aspectos verbal e sintático da obra, e podíamos nela inscrever nossas observações sobre o fantástico. Aqui, ao contrário, não dispomos de nada; por esta mesma razão, precisamos enfrentar duas tarefas: estudar os temas do fantástico, e propor uma teoria geral do estudo dos temas.

Ao afirmar que não existe qualquer teoria geral dos temas, parecemos esquecer uma tendência crítica que no entanto goza do maior prestígio: a crítica temática. É necessário dizer em que o método elaborado por esta escola não nos satisfaz. Tomarei como exemplo alguns textos de Jean-Pierre Richard, certamente seu representante mais brilhante. Estes textos foram escolhidos tendenciosamente, e absolutamente não pretendo fazer justiça a uma obra crítica cuja importância é capital. De resto, vou me limitar a alguns prefácios já antigos: ora, percebe-se uma evolução nos textos recentes de Richard; por outro lado, mesmo nos textos mais antigos, os problemas de método se revelam muito mais complexos quando se estudam as análises concretas (nas quais não podemos nos deter).

É preciso dizer antes de tudo que o emprego do termo "temática" é em si contestável. Com efeito poderíamos esperar encontrar nesta área um estudo, de todos os temas, quaisquer que fossem. Ora, de fato os críticos realizam uma escolha entre os temas possíveis e é esta escolha que melhor define sua atitude: poder-se-ia classificá-la de "sensualista". Com efeito, para esta crítica, só os temas que se relacionam com as sensações (em sentido estrito) são verdadeiramente dignos de atenção. Eis como Georges Poulet descreve esta exigência, em seu prefácio ao primeiro livro de crítica temática de Richard, *Littérature et Sensation* (o título já é significativo): "Em algum lugar no fundo da consciência, do outro lado da região em que tudo *se tornou* pensamento, no ponto oposto àquele por onde se penetrou, houve pois e há pois ainda luz, objetos e mesmo olhos para percebê-los. A crítica não deve se contentar em pensar um pensamento. É preciso ainda que através deste, ela remonte de imagem em imagem às sensações" (p. 10, o grifo é meu). Há neste extrato uma oposição muito clara entre-, digamos, o concreto e o abstrato; de um lado, encontram-se os objetos, a luz, os olhos, a imagem, a sensação; de outro, o pensamento, os conceitos abstratos. O primeiro termo da oposição parece duplamente valorizado: inicialmente ele é o primeiro no tempo (cf. o "se tornou"); a seguir ele é o mais rico, o mais importante, e constitui, por conseguinte, o objeto privilegiado da crítica.

No prefácio a seu livro seguinte, *Poésie et Profondeur*, Richard retoma exatamente a mesma ideia. Descreve seu trajeto como uma tentativa de "encontrar e de descrever a intenção fundamental, o projeto que domina sua aventura. Este projeto, procurei captá-lo em seu nível mais elementar, aquele em que se afirma com a maior humildade mas também com a maior franqueza: nível da sensação pura, do sentimento bruto ou da imagem nascente. (...) Julguei a ideia como menos importante que a obsessão, acreditei a teoria secundária em relação ao sonho'" (pp. 9-10). Gérard Genette qualificou justamente este ponto de partida ao falar do "postulado sensualista, segundo o qual o fundamental (portanto o autêntico) coincide com a experiência sensível" (*Figures*, p. 94).

Já tivemos oportunidade (a propósito de Northrop Frye) de exprimir nosso desacordo em relação a este postulado. H seguiremos ainda Genette, quando escreve: "O postulado, ou o preconceito, do estruturalismo é mais ou menos inverso ao da análise bachelardiana: o de que certas funções elementares do pensamento mais arcaico já participam de uma alta abstração, que os esquemas e as operações do intelecto são talvez mais "profundos", mais originais que os devaneios da imaginação sensível, e que existe uma lógica, e mesmo, uma matemática do inconsciente" (p. 100). Trata-se, como vemos, de uma oposição entre duas correntes de pensamento que, com efeito, ultrapassam os limites do estruturalismo e da análise bachelardiana: encontram-se de um lado tanto Lévi-Strauss quanto Freud ou Marx, de outro Bachelard tanto quanto a crítica temática, Jung ao mesmo tempo que Frye.

Poder-se-ia dizer, como a propósito de Frye, que postulados não se discutem, que resultam de uma escolha arbitrária; mas será útil, de novo, examinar as consequências disto. Deixemos de lado as implicações concernentes à "mentalidade primitiva" limitando-nos àquelas que tocam à análise literária. A recusa em conceder importância à abstração no mundo que descreve conduz Richard a subestimar a necessidade da abstração no trabalho crítico. As categorias de que se serve para descrever as sensações dos poetas que estuda são tão concretas quanto as próprias sensações. Basta, para disso nos convencermos, lançar uma olhadela sobre os "índices" (de assuntos) de seus livros. Eis alguns exemplos: "Profundeza diabólica – Gruta – Vulcão", "Sol – Pedra – Tijolo rosado – Ardósia – Verdor – Tufo",

"Borboletas e pássaros – Echarpe fugida – Terra cercada – Poeira – Limo – Sol" etc. (capítulo sobre Nerval em *Poésie et Profondeur*). Ou ainda, sempre a propósito de Nerval: "Nerval pensa por exemplo no ser como um fogo perdido, sepultado: por isso procura ao mesmo tempo o espetáculo das auroras e o dos tijolos rosados que luzem ao crepúsculo, o contato da cabeleira inflamada das jovens ou a fulva tepidez de sua carne *bionda e grassotta*"* (p. 10). Os temas descritos são os do sol, do tijolo, da cabeleira; o termo que os descreve é o do fogo perdido.

Haveria muito a dizer a respeito desta linguagem crítica. Não contestamos sua pertinência: cabe aos especialistas de cada autor particular dizer em que medida estas observações são corretas. É ao nível da própria análise que essa linguagem pode parecer criticável. Termos tão concretos não formam evidentemente nenhum sistema lógico (a crítica temática seria a primeira a admiti-lo); mas se a lista de termos é infinita e desordenada, em que é preferível ao próprio texto que, afinal, contém todas estas sensações e as organiza de uma certa maneira? Neste estágio, a crítica temática parece não ser nada mais do que uma paráfrase (paráfrase sem dúvida genial, no caso de Richard); mas a paráfrase não é uma análise. Em Bachelard ou Frye temos um sistema, mesmo que se mantenha ao nível do concreto: o dos quatro elementos, ou das quatro estações etc. Com a crítica temática, dispõe-se de uma lista infinita de termos que é preciso inventar a partir do zero para cada texto.

Existe, a partir deste ponto de vista, dois tipos de crítica: digamos que uma é narrativa, a outra, lógica. A crítica narrativa segue uma linha horizontal, vai de tema em tema, parando num momento mais ou menos arbitrário; estes temas são todos tão pouco abstratos uns quanto outros, constituem uma cadeia interminável e o crítico, semelhante nisso ao narrador, escolhe quase ao acaso o começo e o fim de sua narrativa (do mesmo modo que, digamos, o nascimento e a morte de uma personagem não são, final-

---

* Em italiano no original. Significa – "loura e gordota". (N. da T.)

106

mente, senão momentos arbitrariamente escolhidos para o começo e o fim de um romance). Genette cita uma frase do *Univers imaginaire de Mallarmé* onde esta atitude se condensa: "A garrafa portanto não é mais um azul, e ainda não é uma lâmpada" (p. 499). O azul, a garrafa e a lâmpada formam uma série homogênea sobre a qual o crítico desliza, sempre numa mesma profundidade. A estrutura dos livros de crítica temática ilustra perfeitamente esta atitude narrativa e horizontal: são na maioria das vezes coletâneas de ensaios, cada qual fazendo o retrato de um escritor diferente. Passar a um nível mais geral é por assim dizer impossível: a teoria parece proibida de aí permanecer.

A atitude lógica, esta, segue de preferência uma vertical: a garrafa e a lâmpada podem constituir um primeiro nível de generalidade; mas será necessário elevar-se a seguir a um outro nível, mais abstrato; a figura desenhada pelo trajeto é a de uma pirâmide mais do que a de uma linha de superfície. A crítica temática não quer, ao contrário, deixar a horizontal; mas por isto mesmo, abandona qualquer pretensão analítica e, mais ainda, explicativa.

Encontram-se às vezes, é verdade, nos escritos de crítica temática, preocupações teóricas, em particular em Georges Poulet. Mas evitando o perigo do sensualismo, esta crítica contradiz outro postulado que colocamos desde o início: o de tomar a obra literária não como tradução de um pensamento preexistente, mas como o lugar onde nasce um sentido que não pode aliás existir em nenhuma outra parte. Supor que a literatura não é senão a expressão de certos pensamentos ou experiências do autor é condenar de imediato a especificidade literária, atribuir à literatura um papel secundário, o de um *médium* entre outros. Ora, é esta a única maneira com que a crítica temática concebe a aparição da abstração em literatura. Eis algumas afirmações características de Richard: "Gosta-se de ver nela [a literatura] uma *expressão* das escolhas, obsessões e problemas que se situam no cerne da existência pessoal" (*Littérature et Sensation*, p. 13). "Pareceu-me que a literatura era um desses lugares onde se *traia* com a maior das simplicidades ou mesmo das inocências este esforço da consciência para apreender o ser" (*Poésie et Profondeur*, p. 9; o grifo é meu em toda parte). Expressão ou traição, a literatura seria tão-somente um meio para traduzir certos problemas que subsistem fora dela e independentemente dela. Opinião, esta, que dificilmente podemos aceitar.

Esta rápida análise nos revela que a crítica temática, por definição antiuniversal, não nos fornece os meios de analisar e explicar as estruturas gerais do discurso literário (indicaremos mais tarde o nível em que este método parece-nos melhor encontrar toda a sua pertinência). Eis-nos de novo tão desprovidos de método para a análise dos temas quanto estávamos anteriormente; todavia, surgiram dois obstáculos que é preciso evitar: a recusa em deixar o campo do concreto, em reconhecer a existência de regras abstratas; a utilização de categorias não-literárias para descrever temas literários.

Voltemo-nos agora com esta magra bagagem teórica para os escritos críticos que tratam do fantástico. Aí descobriremos uma surpreendente unanimidade de método.

Vejamos alguns exemplos de classificação de temas. Dorothy Scarborough, num dos primeiros livros dedicados a esta questão, *The Supernatural in Modem English Fiction*, propõe a seguinte classificação: os fantasmas modernos; o diabo e seus aliados; a vida sobrenatural. Em Penzoldt, encontra-se uma divisão mais detalhada (no capítulo intitulado "O motivo principal"): o fantasma; a alma-do-outro-mundo; o vampiro; o lobisomem; feiticeiras e feitiçaria; o ser invisível; o espectro animal. (De fato, esta divisão é sustentada por uma outra, muito mais geral, e à qual voltaremos no Cap. 9). Vax propõe uma lista muito próxima: "O lobisomem; o vampiro; as partes separadas do corpo humano; os distúrbios da personalidade; os jogos do visível e do invisível; as alterações da causalidade, do espaço e do tempo; a regressão". Passa-se aqui, curiosamente, das imagens às suas causas: o tema do vampiro pode evidentemente ser uma consequência dos distúrbios da personalidade; a lista é pois menos coerente que as precedentes, apesar de mais sugestiva.

Caillois dá uma explicação ainda mais detalhada. Suas classes temáticas são as seguintes: "o pacto com o demônio (ex.: *Fausto*); a alma penada que exige para seu repouso que uma certa ação seja realizada; o espectro condenado a um caminhar eterno e desordenado (ex.: *Melmoth*); a morte personificada, aparecendo no meio dos vivos (ex.: "O Espectro da morte vermelha", de Edgar Poe); a "coisa" indefinível e invisível, mas que pesa, que está presente (ex.: "Le Horla"); os vampiros, isto é, os mortos que conservam uma perpétua juventude sugando o sangue dos vivos (numerosos exemplos); a estátua, o manequim, a armadura, o autômato, que de repente se animam e adquirem uma temível independência (ex.: "La Vénus d'Ille"); a maldição de um feiticeiro que provoca uma doença espantosa e sobrenatural (ex.: "A Marca da beta" de Kipling); a mulher-fantasma, vinda do além, sedutora e mortal (ex.: "Le Diable amoureux"); a interversão dos domínios do sonho e da realidade; o quarto, o apartamento, o andar, a casa, a rua apagados do espaço; a parada ou a repetição do tempo (ex.: "Le Manuscrit trouvé à Saragosse")" (*Images, images...*, pp. 36-39).

A lista é, como vemos, muito rica. Ao mesmo tempo, Caillois insiste muito no caráter sistemático, fechado, dos temas do fantástico: "Talvez me tenha adiantado muito afirmando que era possível recensear estes temas que dependem entretanto bastante estreitamente de uma situação dada. Continuo contudo julgando-os enumeráveis e dedutíveis, de modo que se poderia com exagero conjeturar os que faltam à série, assim como a classificação cíclica de Mendeleiev permite calcular o peso atômico dos corpos simples que ainda não foram descobertos ou que a natureza ignora mas que existem virtualmente" (pp. 57-58).

Só se pode subscrever um tal anseio; mas se procuraria em vão nos escritos de Caillois a regra lógica que permita a classificação; e não penso que sua ausência seja um efeito do acaso. Todas as classificações enumeradas até aqui contrariam a primeira regra que nos demos: a de classificar não imagens concretas mas categorias abstratas (com a exceção não significativa de Vax). Ao nível em que os descreve Caillois, estes "temas" são ao contrário ilimitados e não obedecem a leis rigorosas. Poder-se-ia reformular a mesma objeção assim: na base das classificações, encontra-se a ideia de um sentido invariável de cada elemento da obra, independentemente da estrutura na qual será integrado. Classificar todos os vampiros juntos, por exemplo, implica que o vampiro signifique sempre a mesma coisa, qualquer que seja o contexto em que apareça. Ora, partindo como fizemos da ideia de que a obra forma um todo coerente, uma estrutura, devemos admitir que o sentido de cada elemento (aqui, de cada tema) não pode se articular fora de suas relações com os outros elementos. O que nos propõem aqui são etiquetas, aparências, não verdadeiros elementos temáticos.

Um artigo recente de Witold Ostrowski vai mais longe do que estas enumerações: tenta formular uma teoria. O estudo é aliás significativamente intitulado: *The Fantastic and the Realistic in Literature. Suggestions on how to define and analyse fantastic fiction*. Segundo Ostrowski, pode-se representar a experiência humana pelo seguinte esquema (p. 57):

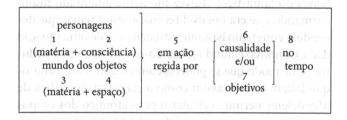

Os temas do fantástico se definem como sendo, cada um, a transgressão de um ou vários dos oito elementos constitutivos deste esquema.

Temos aí uma tentativa de sistematização a um nível abstrato, não mais um catálogo ao nível das imagens. É difícil entretanto admitir um tal esquema por causa, vê-se imediatamente, do caráter *a priori* (e além do mais não-literário) das categorias que aí se consideram descrever textos literários.

Em resumo, todas estas análises do fantástico são tão pobres em sugestões concretas quanto era a crítica temática em indicações de ordem geral. Os críticos se contentaram até o momento (excetuando-se Penzoldt) em organizar listas de elementos sobrenaturais sem chegar a indicar sua organização.

Como se todos estes problemas que encontramos no limiar do estudo semântico não bastassem, há outros que se referem à própria natureza da literatura fantástica. Lembremos os dados do problema: no universo evocado pelo texto, produz-se um acontecimento – uma ação – que depende do sobrenatural (ou do falso sobrenatural); por sua vez, este provoca uma reação no leitor implícito (e geralmente no herói da história): é esta reação que qualificamos de "hesitação", e os textos que a fazem viver, de fantásticos. Quando se coloca a questão dos temas, coloca-se a reação "fantástica" entre parênteses, por não interessar senão à natureza dos acontecimentos que a provocam. Em outros termos, deste ponto de vista, a distinção entre fantástico e maravilhoso não tem mais interesse, e nos ocuparemos indiferentemente de obras pertencentes a um ou outro gênero. No entanto é possível que o texto enfatize de tal forma o fantástico (isto é, a reação), que nele não mais possamos diferenciar o sobrenatural que o provocou: em vez de levar à apreensão da ação, a reação a impede; a colocação entre parênteses do fantástico torna-se então extremamente difícil, se não impossível.

Em outros termos: uma vez que se trata aqui de percepção de um objeto, pode-se insistir tanto na percepção quanto no objeto. Mas se a insistência na percepção é demasiado forte não se percebe mais o próprio objeto.

Encontram-se exemplos muito diferentes desta impossibilidade de atingir o tema. Tomemos inicialmente Hoffman (cuja obra constitui quase um repertório de temas fantásticos): o que parece importar-lhe não é aquilo com que se sonha, mas o fato de que se sonha e a alegria que isto provoca. A admiração que nele suscita a existência do mundo sobrenatural o impede frequentemente de nos dizer de que é feito este mundo. A ênfase passa do enunciado à enunciação. A conclusão de "A panela de ouro" é a este respeito reveladora. Depois de ter contado as maravilhosas aventuras do estudante Anselme, o narrador aparece em cena, e declara: "Mas então senti-me subitamente dilacerado e transportado de dor. Ó afortunado Anselme, que jogaste para longe de ti o fardo da vida comum, que te ergueste pelo amor a Serpentine e que habitas agora, cumulado de volúpias, um belo domínio senhorial na Atlântida! Mas eu, infeliz? logo, sim, em poucos minutos, serei transplantado deste belo salão (que não valerá por muito tempo um domínio senhorial na Atlântida) para uma mansarda; as misérias e as necessidades da vida ocuparão todo o meu pensamento, mil infelicidades lançarão um véu espesso de névoa sobre meus olhos e certamente jamais poderei ver a flor de lis.

"Neste momento, o arquivista Lindhorst bateu-me docemente nas costas e me disse: 'Silêncio, silêncio, honradíssimo Senhor! Não vos lamenteis da sorte! Não estivestes agora mesmo na Atlântida e não possuis lá ao menos uma propriedade rural a título de feudo poético? De um modo geral, será a felicidade de Anselme outra coisa do que esta vida na poesia, à qual se revela a santa harmonia de todos os seres, como o mais profundo mistério da natureza?'" (t. II, p. 201). Esta passagem notável coloca um sinal de igualdade entre os acontecimentos sobrenaturais e a possibilidade de descrevê-los, entre o conteúdo do sobrenatural e sua percepção: a felicidade que Anselme descobre é idêntica à do narrador que pôde imaginar, que pôde escrever a história. E devido a essa alegria diante da existência do sobrenatural, só se consegue com dificuldade conhecê-lo.

Situação inversa em Maupassant, mas com efeitos semelhantes. Aqui o sobrenatural provoca tal angústia, um tal horror, que não conseguimos de nenhum modo distinguir o que o constitui. "Qui sait?" é talvez o melhor exemplo deste *processus*. O acontecimento sobrenatural, ponto de partida da novela, é a animação súbita e estranha dos móveis de uma casa. Não há nenhuma lógica no comportamento dos móveis e diante deste fenômeno perguntamo-nos menos "o que isto quer dizer" do que ficamos tocados pela estranheza do próprio fato. Não é a animação dos móveis que conta tanto, mas o fato de que alguém tenha podido imaginá-la e vivê-la. De novo a percepção do sobrenatural lança uma sombra espessa sobre o próprio sobrenatural e nos dificulta o acesso a ele.

"A Volta do parafuso" de Henry James oferece uma terceira variante deste fenômeno singular em que a percepção encobre em vez de revelar. Como nos textos precedentes, a atenção está tão fortemente concentrada no ato de percepção que ignoramos sempre a natureza daquilo que é percebido (quais são os vícios dos antigos servidores?). A angústia predomina aqui mas reveste-se de um caráter bem mais ambíguo do que em Maupassant.

Depois destes tateios no limiar de um estudo dos temas fantásticos, dispomos portanto apenas de algumas certezas negativas: sabemos o que não se deve fazer, não como proceder. Em consequência, adotaremos uma posição prudente: limitar-nos-emos à aplicação de uma técnica elementar, sem pressupor um método a seguir em geral.

Agruparemos inicialmente os temas de maneira puramente formal, mais exatamente, distributiva: partiremos de um estudo de suas *compatibilidades* e *incompatibilidades*. Obteremos assim alguns grupos de temas; cada grupo reunirá os que podem aparecer juntos, os que realmente se encontram juntos em obras particulares. Uma vez obtidas essas classes formais, tentaremos *interpretar* a própria classificação. Haverá então duas etapas em nosso trabalho, que correspondem *grosso modo* aos dois tempos da descrição e da explicação.

Este procedimento, por inocente que possa parecer, não o é completamente. Ele implica duas hipóteses que estão longe de ser verificadas: a primeira, que às classes formais correspondem classes semânticas, ou seja, que os temas diferentes têm obrigatoriamente uma distribuição diferente; a segunda, que uma obra possui uma coerência tal que as leis da compatibilidade e da incompatibilidade jamais poderão ser aí infringidas. O que está longe de ser seguro, quando mais não seja por causa dos inúmeros empréstimos que caracterizam toda obra literária. Um conto folclórico, por exemplo, menos homogêneo, comporta muitas vezes elementos que nunca aparecem juntos nos textos literários. Será preciso pois deixar-se guiar por uma intuição por ora difícil de explicar.

7. OS TEMAS DO *EU*

Lembramos um conto das Mil e uma noites. *– Os elementos sobrenaturais: metamorfoses e pandeterminismo. – Sobrenatural "tradicional" e "moderno". – O espírito e a matéria. – O desdobramento da personalidade. – O objeto torna-se sujeito. – Transformações do tempo e do espaço. – A percepção, o olhar, os óculos e o espelho em "A Princesa Brambilla".*

Começaremos pois por um primeiro grupo de temas reunidos a partir de um critério puramente formal: sua copresença. Lembraremos inicialmente uma história das *Mil e uma noites*, a do segundo calândar.

Ela se inicia como um conto realista. O herói, filho do rei, completa sua educação na casa de seu pai e parte para uma visita ao sultão das índias. Durante o caminho, seu cortejo é atacado por ladrões: ele consegue por pouco se salvar. Encontra-se numa cidade desconhecida, sem meios

115

nem possibilidade de se fazer reconhecer; seguindo o conselho de um alfaiate, começa a cortar madeira na floresta vizinha e a vendê-la na cidade, para assegurar sua subsistência. Até aí, como vemos, nenhum elemento sobrenatural.

Mas um dia dá-se um acontecimento incrível. Arrancando uma raiz de árvore, o príncipe percebe um anel de ferro e um alçapão; levanta-o e desce a escada que a ele se oferece. Encontra-se num palácio subterrâneo, ricamente decorado; uma dama de extraordinária beleza o recebe. Confia-lhe que é também filha de um rei, roubada por um malvado gênio. O gênio a escondeu neste palácio e de dez em dez dias vem dormir com ela, pois sua mulher legítima é muito ciumenta; a princesa pode, por outro lado, chamá-lo a qualquer momento ao simples toque de um talismã. A jovem convida o, príncipe a permanecer ao seu lado nos nove dias restantes; ela lhe oferece um banho, um delicioso jantar e o leito. Mas no dia seguinte, tem a imprudência de oferecer-lhe vinho; uma vez embriagado, o príncipe decide provocar o gênio e quebra o talismã.

O gênio aparece; sua simples chegada faz tanto barulho, que o príncipe foge espavorido, deixando a indefesa princesa nas mãos do gênio e algumas peças de sua vestimenta espalhadas pelo quarto. Esta última imprudência vai perdê-lo: o gênio transformado em um ancião vem à cidade e descobre o proprietário das roupas; carrega nosso príncipe até o céu, depois o leva de volta à gruta, para arrancar-lhe a confissão de seu crime. Mas nem o príncipe, nem a princesa confessam, o que não impede o gênio de puni-los: corta um braço da princesa, e com isso ela morre; quanto ao príncipe, apesar da história que consegue contar e segundo a qual nunca devemos nos vingar dos que nos prejudicam, vê-se transformado em macaco.

Esta situação será origem de uma nova série de aventuras. O macaco inteligente é resgatado por um barco cujo capitão fica encantado com suas boas maneiras. Um dia, o barco chega a um reino cujo grão-vizir acaba de morrer; o sultão pede a todos os recém-chegados que lhe enviem uma amostra de sua caligrafia, para escolher, a partir deste critério, o herdeiro do vizir. Como se pode prever, a caligrafia do macaco revela-se como a mais bonita; o sultão convida-o ao palácio: o macaco escreve versos em sua honra. A filha do sultão vem ver o milagre; mas como tomou lições de magia na juventude, adivinha imediatamente que se trata de um homem metamorfoseado. Ela chama o gênio, e os dois travam um duro combate em que cada um se transforma numa série de animais. No fim, projetam chamas um sobre o outro; a filha do sultão sai vitoriosa, mas morre pouco depois; tem apenas tempo de devolver ao príncipe a forma humana. Entristecido pelas infelicidades que provocou, o príncipe torna-se *calândar* (dervixe), e são os imprevistos de sua viagem que o conduzem a própria casa onde presentemente está contando esta história.

Diante desta aparente variedade temática, sentimo-nos inicialmente perplexos: como descrevê-la? No entanto, se isolarmos os elementos sobrenaturais, veremos que é possível reuni-los em dois grupos. O primeiro seria o das *metamorfoses*. Viu-se o homem transformar-se em macaco e o macaco em homem; o gênio se transforma, já no começo, em ancião. Durante a cena do combate, as metamorfoses se sucedem. O gênio torna-se primeiro um leão; a princesa o corta em dois com um sabre, mas a cabeça do leão se transforma num enorme escorpião. "Imediatamente a princesa se transformou em serpente, e travou um duro combate com o escorpião, que, estando em desvantagem, assumiu a forma de uma águia e voou. Mas a serpente assumiu então a forma de uma águia mais poderosa, e a perseguiu" (t. I, p. 169). Pouco tempo depois, um gato preto e branco aparece; é perseguido por um lobo negro. O gato se transforma em verme e entra numa romã que incha como uma abóbora; esta parte-se em pedaços; o lobo, metamorfoseado então em galo, começa a comer as sementes da romã. Sobra uma que cai n'água e torna-se um peixinho. "O galo se lançou no canal e se transformou numa solha que perseguiu o peixinho" (p. 170). No fim, as duas personagens reassumem a forma humana.

O outro grupo de elementos fantásticos prende-se à própria existência de seres sobrenaturais, tais quais o gênio e a princesa-mágica, e a seu poder sobre o destino dos homens. Ambos podem metamorfosear e metamorfosear-se; arrebatar ou deslocar seres e objetos no espaço etc. Estamos aqui diante de uma das constantes da literatura fantástica: a existência de seres sobrenaturais, mais poderosos que os homens. Entretanto, não basta constatar este fato, é preciso ainda se interrogar sobre sua significação. Pode-se dizer, evidentemente, que tais seres simbolizam um sonho de poder; porém há mais. De fato, de uma maneira geral, os seres sobrenaturais substituem uma causalidade deficiente. Digamos que na vida cotidiana há uma parte dos acontecimentos que se explica por causas conhecidas por nós; e uma outra, que nós parece devida ao acaso. No último caso, não há, de fato, ausência de causalidade, mas intervenção de uma causalidade isolada, que não está ligada diretamente às outras séries causais que regem nossa vida. Se, no entanto, não aceitamos o acaso, postulamos uma causalidade generalizada, uma relação necessária de todos os fatos entre si, deveremos admitir a intervenção de forças ou de seres sobrenaturais (até então ignorados por nós). Tal fada que assegura o destino feliz de uma pessoa é apenas a encarnação de uma *causalidade imaginária* pelo que poderia ser chamada também: a sorte, o acaso. O gênio mau que interrompia os folguedos amorosos na história do *calândar* nada mais é do que a má sorte dos heróis. Mas as palavras "sorte" ou "acaso" estão excluídas desta parte do mundo fantástico. Lê-se em uma das novelas fantásticas de Erckmann-Chatrian: "O que é, afinal, o acaso, senão o efeito de uma causa que nos escapa?" (*L'Esquisse mystérieux*, citado a partir de uma antologia de Castex, p, 214). Podemos falar aqui de um determinismo generalizado, de um *pandeterminismo*: tudo, até o encontro de diversas séries causais (ou "acaso"), deve ter sua causa, no sentido pleno da palavra, mesmo que esta só possa ser de ordem sobrenatural.

Se assim interpretarmos o mundo dos gênios e das fadas, uma curiosa semelhança deixa-se observar entre estas imagens fantásticas, em suma, tradicionais, e a imagística muito mais "original" que se encontra nas obras de escritores como Nerval e Gautier. Não há ruptura entre um e outro, e o fantástico de Nerval nos ajuda a compreender o das *Mil e uma noites*. Portanto, não estaremos de acordo com Hubert Juin, que opõe os dois registros: "Os outros observam os fantasmas, as estriges, os vampiros, enfim tudo que depende de uma complicação gástrica e que é o mau fantástico. Gérard de Nerval, exclusivamente, vê (...) o que é o sonho" (prefácio aos contos fantásticos de Nerval, p. 13).

Eis alguns exemplos de pandeterminismo em Nerval. Um dia, dois acontecimentos se produzem simultaneamente: Aurélia acaba de morrer; e o narrador que o ignora, pensa num anel que lhe havia oferecido; o anel era grande demais, tinha-o mandado ajustar. "Só compreendi meu erro escutando o barulho da serra. Parecia-me ver escorrer sangue..." (p. 269). Acaso? Coincidência? Não para o narrador de *Aurélia*.

Num outro dia, entra numa igreja. "Fui colocar-me de joelhos nos últimos lugares do coro, e deixei cair de meu dedo um anel de prata cuja parte central trazia estas três palavras árabes: *Allah! Mohamed! Ali!* Imediatamente muitas velas se acenderam no coro..." (p. 269). O que para outros seria apenas uma coincidência no tempo, é aqui uma causa.

Uma outra vez ainda, ele passeia na rua durante um dia de tempestade. "A água se elevava nas ruas vizinhas; desci correndo a rua Saint-Victor e, com a ideia de parar o que eu acreditava a inundação universal, joguei no lugar mais fundo o anel que tinha comprado em Saint-Eustache. Aproximadamente no mesmo momento, a tempestade se acalmou, e um raio de sol começou a brilhar" (p. 299). O anel provoca aqui a mudança atmosférica; nota-se ao mesmo tempo a prudência com que este pandeterminismo é apresentado: Nerval apenas explicita a coincidência temporal, não a causalidade.

Um último exemplo é extraído de um sonho. "Estávamos num campo iluminado pela luz das estrelas; paramos para contemplar o espetáculo, e o espírito estendeu a mão sobre minha testa, como eu tinha feito na véspera procurando magnetizar meu companheiro; imediatamente uma das estrelas que eu via no céu começou a crescer..." (p. 309). Nerval está plenamente consciente da significação de tais narrativas. A propósito de uma delas, observa: "Sem dúvida vão dizer-me que o acaso pôde fazer com que neste momento uma mulher que sofria tenha gritado nas imediações de minha morada. Mas, na minha opinião, os acontecimentos terrestres estavam ligados aos do mundo invisível" (p. 281). E alhures: "A hora de nosso nascimento, o ponto da terra em que aparecemos, o primeiro gesto, o nome do quarto, – e todas estas consagrações, e todos estes ritos que nos impõem, tudo isto estabelece uma série feliz ou fatal da qual o futuro depende inteiramente. (...) Disseram justamente: nada é indiferente, nada é desprovido de poder no universo; um átomo pode dissolver tudo, um átomo pode salvar tudo!" (p. 304). Ou ainda, numa fórmula lacônica: "Tudo se corresponde".

Indiquemos aqui, para a seguir voltar a isto mais demoradamente, a semelhança desta convicção derivada em Nerval da loucura, com a que se pode ter durante uma experiência de drogas. Refiro-me aqui ao livro de Alan Watts, *The Joyous Cosmology*: "Pois neste mundo não há nada de errôneo, nem mesmo de estúpido. Sentir um erro é simplesmente não ver o esquema no qual se inscreve tal acontecimento, não saber a que nível hierárquico este acontecimento pertence" (p. 58). Aqui ainda, "tudo se corresponde".

O pandeterminismo tem como consequência natural o que se poderia chamar a "pansignificação": já que existem relações em todos os níveis, entre todos os elementos do mundo, este mundo torna-se altamente significante. Já o vimos com Nerval: a hora em que se nasceu, o nome do quarto, tudo mudou de sentido. E até mais: além do sentido primeiro, evidente, pode-se sempre descobrir um sentido mais profundo (uma sobreinterpretação). Assim a personagem de *Aurélia* na casa de saúde: "Eu atribuía um sentido misterioso às conversas dos guardas e à de meus companheiros" (p. 302). Assim Gautier durante uma experiência de haxixe: "Um véu se rasgou em meu espírito, e tornou-se claro para mim que os membros do clube não passavam de cabalistas..." (p. 207). "As figuras dos quadros... se agitavam em contorções penosas, como mudos que quisessem dar um aviso importante numa ocasião suprema. Dir-se-ia que queriam me avisar de uma armadilha a evitar" ("Le Club des hachichins", p. 208). Neste mundo, qualquer objeto, qualquer ser quer dizer alguma coisa.

Passemos a um grau de abstração mais elevado ainda: qual é o sentido último do pandeterminismo manejado pela literatura fantástica? Certamente não é necessário estar próximo à loucura, como Nerval, ou passar pela droga, como Gautier, para acreditar no pandeterminismo: nós todos o conhecemos; mas sem lhe atribuir a extensão que tem aqui: as relações que estabelecemos entre os objetos permanecem puramente mentais e não afetam em nada os próprios objetos. Em Nerval ou Gautier, ao contrário, estas relações se estendem até o mundo físico: toca-se o anel e as velas se acendem, joga-se o anel e a inundação para. Em outros termos, a um nível mais abstrato, o pandeterminismo significa que o limite entre o físico e o mental, entre a matéria e o espírito, entre a coisa e a palavra deixa de ser estanque.

Voltemo-nos agora, conservando no espírito a presente conclusão, para as metamorfoses, que deixamos um pouco de lado. Ao nível de generalidade a que chegamos, elas se deixam inscrever na mesma lei de que formam um caso particular. Dizemos facilmente que um homem finge-se de macaco, ou que luta como um leão, como uma águia etc.; o sobrenatural começa a partir do momento em que se desliza das palavras às coisas que estas palavras supostamente designam. As metamorfoses formam então por sua vez uma transgressão da separação entre matéria e espírito, tal como geralmente é concebida. Notemos, uma vez mais, que não há ruptura entre a imagística aparentemente convencional das *Mil e uma noites* e aquela, mais "pessoal", dos escritores do século XIX. Gautier estabelecia a ligação descrevendo assim sua própria transformação em pedra: "Com efeito, sentia minhas extremidades se petrificar, e o mármore me envolver até os quadris como a Dafne das Tulherias; eu era uma estátua até o meio do corpo, assim como aqueles príncipes encantados das *Mil e uma noites*" (p. 208). No mesmo conto, o narrador recebe uma cabeça de elefante; mais tarde, assiste-se à metamorfose do homem-mandrágora: "Aquilo parecia contrariar muito o homem-mandrágora, que diminuía, achatava-se, descolorava-se e soltava gemidos inarticulados; enfim perdeu toda aparência humana, e rolou por sobre o assoalho sob a forma de um cercefi de duas raízes" (p. 212).

Em *Aurélia*, observam-se metamorfoses semelhantes. Aí, uma dama "abraçou graciosamente com o braço nu um longo caule de malva-rosa, depois começou a crescer sob um claro raio de luz, de tal modo que pouco a pouco o jardim assumia sua forma, e os canteiros e as árvores tornavam-se as rosáceas e festões de suas vestes" (p. 268). Alhures, monstros travam combates para se despojarem de suas formas bizarras e tornarem-se homens e mulheres; "outros assumiam, em suas transformações, o aspecto dos animais selvagens, dos peixes e dos pássaros" (p. 272).

Pode-se dizer que o denominador comum dos dois temas, metamorfoses e pandeterminismo é a ruptura (isto é, também a revelação) do limite entre matéria e espírito. Eis-nos de repente autorizados a lançar uma hipótese quanto ao princípio gerador de todos os temas reunidos nesta primeira ramificação: *a passagem do espirito à matéria tornou-se possível*

Podem-se achar, nos textos que examinamos, páginas em que este princípio se deixa captar diretamente. Nerval escreve: "Do ponto em que estava então, desci, seguindo meu guia, em uma destas altas habitações cujos tetos reunidos apresentavam este aspecto estranho. Parecia-me que meus pés se afundavam nas camadas sucessivas dos edifícios de diferentes idades" (p. 264). A passagem mental de uma idade à outra torna-se aqui passagem física. As palavras se confundem com as coisas. O mesmo em Gautier: alguém pronunciou a frase: "É hoje que se tem que morrer de rir!" Ela se arrisca a se tornar realidade palpável: "O frenesi alegre estava no auge; não se escutavam mais do que suspiros convulsivos, cacarejos inarticulados. O riso tinha perdido seu timbre e tornava-se um grunhido, o espasmo sucedia-se ao prazer; o refrão de Daucus-Carota ia tornar-se verdadeiro" (p. 202).

Entre ideia e percepção, a passagem é fácil. O narrador de *Aurélia* escuta estas palavras: "Nosso passado e nosso futuro são solidários. Vivemos em nossa raça e nossa raça vive em nós.

"Esta *ideia* imediatamente tornou-se *sensível* para mim e, como se as paredes da sala estivessem abertas para perspectivas infinitas, parecia-me ver uma cadeia ininterrupta de homens e de mulheres em quem eu estava e que estavam em mim mesmo" (p. 262, o grifo é meu). A ideia torna-se logo sensível. Eis um exemplo inverso, onde a sensação se transforma em ideia: "Estas inúmeras escadas que tu te cansavas de descer ou subir eram os próprios liames de tuas antigas ilusões que estorvavam teu pensamento..." (p. 309).

É curioso observar aqui que semelhante ruptura dos limites entre matéria e espírito era considerada, em especial no século XIX, como a primeira característica da loucura. Os psiquiatras afirmavam geralmente que o homem "normal" dispõe de muitos quadros de referência e liga cada fato a um deles exclusivamente. O psicótico, ao contrário, não seria capaz de distinguir estes diferentes quadros entre si e confundiria o sensível e o imaginário. "É notório que a aptidão dos esquizofrênicos para separar os domínios da realidade e da imaginação fica enfraquecida. Contrariamente ao pensamento dito normal que teria que ficar dentro do mesmo domínio, ou quadro de referência, ou universo de discurso, o pensamento dos esquizofrênicos não obedece às exigências de uma referência única" (Angyal, in Kasanin, p. 119).

O mesmo apagamento dos limites está na base da experiência da droga. Watts escreve no começo mesmo de sua descrição: "A maior das superstições consiste na separação do corpo e do espírito" (p. 3). Encontra-se o mesmo traço, curiosamente, no lactente: segundo Piaget, "no início de sua evolução, a criança não distingue o mundo físico do mundo psíquico" (*Naissance de Vintelligence chez Venfant*). Esta maneira de descrever o mundo da infância mantém-se evidentemente prisioneira de uma visão adulta, na qual precisamente os dois mundos são distintos; o que temos nas mãos é um simulacro adulto da infância. Mas é justamente o que se passa na literatura fantástica: o limite entre matéria e espírito não é aí ignorado, como no pensamento mítico por exemplo; ele permanece presente para fornecer o pretexto às transgressões incessantes. Gautier escrevia: "Não sentia mais meu corpo; as ligações da matéria e do espírito tinham se desligado" (p. 204).

Esta lei que encontramos na base de todas as deformações produzidas pelo fantástico no interior de nossa rede de temas, tem algumas consequências imediatas. Assim, aí se pode generalizar o fenômeno das metamorfoses e dizer que uma pessoa se multiplicará facilmente. Nós nos sentimos todos *como* várias pessoas: aqui a impressão se encarnará no plano da realidade *física*. A deusa se dirige ao narrador de *Aurélia*: "Eu sou a mesma que Marie, a mesma que tua mãe, a mesma também que sob todas as formas tu sempre amaste" (p. 299). Em outro lugar, Nerval escreve: "Uma ideia terrível me veio: 'O homem é duplo', disse-me eu". "Sinto dois homens em mim, escreveu um Padre da Igreja. (...) Há em todo homem um espectador e um ator, aquele que fala e aquele que responde" (p. 277). A multiplicação da personalidade, tomada ao pé da letra, é uma consequência imediata da passagem possível entre matéria e espírito: somos muitas pessoas mentalmente, em que nos transformamos fisicamente.

Uma outra consequência do mesmo princípio tem mais extensão ainda: é o apagamento do limite entre sujeito e objeto. O esquema racional nos representa o ser humano como um sujeito que entra em relação com outras pessoas ou com coisas que lhe são exteriores, e que têm o estatuto de objeto. A literatura fantástica abala esta separação abrupta. Ouve-se uma música, mas não existe instrumento musical exterior ao ouvinte e produzindo os sons, por um lado, depois o próprio ouvinte, por outro lado. Gautier escreve: "As notas vibravam com tanta potência que me entravam no peito como flechas luminosas; logo a ária tocada pareceu-me sair de mim mesmo (...); a alma de Weber tinha-se encarnado em mim" (p. 203). O mesmo ocorre em Nerval: "Deitado numa cama de campanha, escutava os soldados conversarem sobre um desconhecido detido como eu e cuja voz havia ressoado na mesma sala. Por um singular efeito de vibração, parecia-me que esta voz ressoava em meu peito" (p. 258).

Olha-se um objeto; mas não há mais fronteira entre o objeto, com suas formas e suas cores, e o observador. Ainda Gautier: "Por um prodígio bizarro, ao cabo de alguns minutos de contemplação, fundia-me com o objeto fixado, e tornava-me eu mesmo este objeto".

Para que duas pessoas se compreendam, não é mais necessário que falem: cada uma pode-se tornar a outra e saber o que esta outra pensa. O narrador de *Amélia* faz esta experiência quando encontra seu tio. "Ele me fez ficar perto dele e uma espécie de comunicação se estabeleceu entre nós; pois não posso dizer que escutasse sua voz; apenas, à medida que meu pensamento se dirigia a um ponto, a explicação se me tornava clara imediatamente" (p. 261). Ou ainda: "Sem nada perguntar a meu guia, compreendi por intuição que estas alturas e ao mesmo tempo estas profundezas eram o refúgio dos habitantes primitivos da montanha" (p. 265). Já que o sujeito não está mais separado do objeto, a comunicação se faz diretamente e o mundo inteiro acha-se preso numa rede de comunicação generalizada. Eis como se exprime esta convicção em Nerval:

"Este pensamento me conduzia ao de que havia uma vasta conspiração de todos os seres animados para restabelecer o mundo em sua harmonia primeira, e que as comunicações aconteciam pelo magnetismo dos astros, que uma cadeia ininterrupta ligava em volta da terra as inteligências devotadas a esta comunicação geral, e os cantos, as danças, os olhares, pouco a pouco magnetizados, traduziam a mesma aspiração" (p. 303).

Notemos de novo a proximidade desta constante temática da literatura fantástica com uma das características fundamentais do mundo da criança (ou, mais exatamente, como o vimos, com seu simulacro adulto). Piaget escreve: "No ponto inicial da evolução mental não existe certamente nenhuma diferenciação entre o eu e o mundo exterior" (*Six études*, p. 20). Do mesmo modo acontece no mundo da droga. "O organismo e o mundo circundante formam um esquema de ação única e integral, no qual não há mais sujeito nem objeto, agente nem paciente" (Watts, p. 62). Ou ainda: "Começo a sentir que o mundo está ao mesmo tempo no interior e no exterior de minha cabeça (...). Não olho o mundo, não me coloco diante dele; conheço-o por um *processus* contínuo que o transforma em mim mesmo" (p. 29). O mesmo se dá, enfim, com os psicóticos. Goldstein escreve: "Ele [o psicótico] não considera," como o faz a pessoa normal, o objeto como uma parte de um mundo exterior ordenado, separado dele" (in Kasanin, p. 23). "As fronteiras normais entre o eu e o mundo desaparecem, encontra-se em seu lugar uma espécie de fusão cósmica..." (p. 40). Tentaremos mais longe interpretar essas semelhanças.

O mundo físico e o mundo espiritual se interpenetram; suas categorias fundamentais encontram-se como consequência modificadas. O tempo e o espaço do mundo sobrenatural, como são descritos neste grupo de textos fantásticos, não são o tempo e o espaço da vida cotidiana.

O tempo parece aqui suspenso, ele se prolonga muito mais além daquilo que se crê possível. Assim para o narrador de *Aurélia*: "Foi este o sinal de uma revolução completa entre os espíritos que não quiseram reconhecer os novos possuidores do mundo. Não sei quantos mil anos duraram esses combates que ensanguentaram o globo" (p. 272). O tempo é também um dos temas principais do "Club des hachichins". O narrador está apressado, mas seus movimentos são incrivelmente lentos. "Levantei-me com muita dificuldade e me dirigi para a porta do salão, que só atingi ao cabo de um tempo considerável, pois uma força desconhecida me forçava a recuar um passo em cada três. Segundo meus cálculos, levei dez anos para fazer este trajeto" (p. 207). Ele desce a seguir uma escada; mas os degraus parecem intermináveis. "Chegarei lá embaixo um dia depois do Juízo Final", diz-se ele e quando chega: "Esta manobra durou mil anos, pelas minhas contas" (pp. 208-209). Ele deve chegar às onze horas; mas dizem-lhe num momento dado: "Nunca chegaras às onze horas; faz mil e quinhentos anos que partiste" (p. 210). O nono capítulo da novela conta a cena do enterro do tempo; intitula-se: "Não acreditem nos cronômetros". Declaram ao narrador: "O Tempo está morto; daqui em diante não haverá mais nem anos, nem meses, nem horas; o Tempo está morto e vamos a seu enterro (...). Meu Deus! exclamei assustado por uma ideia súbita, se não há mais tempo, quando poderão ser onze horas?..." (p. 211). Uma vez mais, a mesma metamorfose se observa na experiência da droga em que o tempo parece "suspenso", e no psicótico, que vive num presente eterno, sem ideia de passado nem de futuro.

O espaço é transformado do mesmo modo. Eis alguns exemplos, tomados no "Club des hachichins". Descrição de uma escada: "As duas extremidades afogadas na sombra pareciam-me mergulhar no céu e no inferno, dois abismos; levantando a cabeça, percebia indistintamente, numa perspectiva prodigiosa, superposições de patamares inumeráveis, rampas a subir como para chegar ao topo da torre de

Lylacq; ao descê-la, pressentia abismos de degraus, turbilhões de espirais, ofuscações de circunvoluções" (p. 208). Descrição de um pátio interior: "o pátio tinha assumido as proporções do Campo de Marte, e em algumas horas estava cercado de edifícios gigantescos que recortavam no horizonte um rendado de agulhas, cúpulas, torres, empenas, pirâmides, dignas de Roma e de Babilônia" (p.209).

Não tentamos aqui descrever exaustivamente uma obra particular, nem mesmo um tema; o espaço em Nerval, por exemplo, exigiria, sozinho, um estudo profundo. O que nos importa é assinalar as principais características do mundo em que surgem os acontecimentos sobrenaturais.

Resumindo: o princípio que descobrimos deixa-se designar como a problemática do limite entre matéria e espírito. Este princípio engendra numerosos temas fundamentais: uma causalidade particular, o pandeterminismo; a multiplicação da personalidade; a ruptura do limite entre sujeito e objeto; enfim, a transformação do tempo e do espaço. Esta lista não é exaustiva, mas se pode dizer que reúne os elementos essenciais da primeira rede de temas fantásticos. Atribuímos a estes temas, por razões que aparecerão mais tarde, o nome de temas do *eu*. Assinalamos, em todo caso, ao longo desta lista, uma correspondência entre os temas fantásticos aqui agrupados, por um lado, e, por outro lado, as categorias que é preciso usar para descrever o mundo do drogado, do psicótico, ou o da criança pequena. Por esse motivo uma observação de Piaget parece aplicar-se literalmente ao nosso objeto: "Quatro *processus* fundamentais caracterizam esta revolução intelectual realizada durante os dois primeiros anos da existência: são as construções das categorias do objeto e do espaço, da causalidade e do tempo" (*Six études*, p. 20).

Podem-se caracterizar ainda estes temas dizendo que concernem essencialmente à estruturação da relação entre o homem e o mundo; estamos, em termos freudianos, no sistema *percepção-consciência*. É uma relação relativamen-

128

te estática, no sentido de que não implica ações particulares, mas antes uma posição; uma percepção do mundo de preferência a uma interação com ele. O termo percepção é aqui importante: as obras ligadas a esta rede temática fazem a problemática aflorar incessantemente, e muito particularmente a do sentido fundamental, a visão ("os cinco sentidos que são apenas um, a faculdade de ver", dizia Louis Lambert): a ponto de podermos designar todos estes temas como "temas do olhar".

Olhar. Esta palavra nos permitirá abandonar rapidamente reflexões excessivamente abstratas e voltar às histórias fantásticas que acabamos de deixar. Será fácil verificar a relação entre os temas enumerados e o olhar em "A Princesa Brambilla" de Hoffmann. O tema desta história fantástica é a divisão da personalidade, o desdobramento e, de uma maneira mais geral, o jogo entre sonho e real, espírito e matéria. Significativamente, toda aparição de um elemento sobrenatural é acompanhada pela introdução paralela de um elemento pertencente ao domínio do olhar. São em particular os óculos e o espelho que permitem penetrar no universo maravilhoso. Assim, o charlatão Celionati proclama à multidão, depois de ter anunciado que ali se encontra presente a princesa: "Poderíeis reconhecer até a ilustre princesa Brambilla quando passasse diante de vós. Não, não o podereis, se não vos servirdes dos óculos fabricados pelo grande mágico hindu Ruffiamonte... (...) E o charlatão abriu uma caixa de onde tirou uma quantidade prodigiosa de enormes óculos..." (t. III, p. 19). Apenas os óculos dão acesso ao maravilhoso.

O mesmo acontece com o espelho, este objeto a respeito do qual Pierre Mabile indicava justamente o parentesco com "maravilha", por um lado, e olhar ("mirar-se"), por outro*. O espelho está presente em todos os momentos em que as personagens do conto devem dar um passo decisivo em direção ao sobrenatural (esta relação é atestada em qua-

---

* Espelho, maravilha e mirar-se, em francês respectivamente *miroir, merveille* e *se mirer*. (N. da T.)

se todos os textos fantásticos). "De repente os dois amantes, o príncipe Cornelio Chiapperi e a princesa Brambilla, acordaram de sua profunda letargia e, achando-se à beira do tanque, olharam-se rapidamente nas águas transparentes. E mal se tinham visto neste espelho, reconheceram-se enfim..." (p. 131). A verdadeira riqueza, a verdadeira felicidade (e estas encontram-se no mundo do maravilhoso) são acessíveis apenas aos que conseguem (se) olhar no espelho: "São ricos e felizes todos os que, como nós, puderam se olhar e se reconhecer, a si mesmos, a sua vida, e a todo o seu ser, no claro e mágico espelho da fonte de Urdar" (pp. 136-137). Apenas graças aos óculos Giglio podia reconhecer a princesa Brambilla, graças ao espelho os dois podem começar uma vida maravilhosa.

A "razão" que recusa o maravilhoso sabe perfeitamente disto, ela que renega também o espelho. "Muitos filósofos proibiram formalmente olhar-se no espelho da água, porque vendo assim ao mundo e a si mesmo ao contrário, podiam sentir vertigens" (p. 55). E ainda: "Muitos espectadores que viam neste espelho toda a natureza e sua própria imagem, lançavam ao se levantar gritos de dor e de cólera. Disseram que era contrário à razão, à dignidade da espécie humana, à sabedoria que se tinha adquirido através de uma tão grande e penosa experiência, ver assim ao mundo e a si mesmo ao contrário" (p. 88). A "razão" declara-se contra o espelho que não oferece o mundo mas uma imagem do mundo, uma matéria desmaterializada, em resumo, uma contradição relativamente à lei de não-contra-dição.

Seria então mais justo dizer que em Hoffmann não é o olhar em si mesmo que se acha ligado ao mundo maravilhoso, mas aqueles símbolos do olhar indireto, falseado, subvertido, que são os óculos e o espelho. O próprio Giglio estabelece a oposição entre os dois tipos de visão, bem como sua relação com o maravilhoso. Quando Celionati lhe declara que sofre de um "dualismo crônico", Giglio recusa esta expressão por "alegórica", e assim define seu estado: "Eu sofro de uma oftalmia, por ter usado óculos muito cedo"

(p. 123). Olhar através de óculos faz descobrir um outro mundo e falseia a visão normal; a perturbação é semelhante à provocada pelo espelho: "Não sei o que se alterou em meus olhos, pois na maioria das vezes vejo tudo ao contrário" (p. 123). A visão pura e simples descobre-nos um mundo plano, sem mistérios. A visão indireta é a única via para o maravilhoso. Mas esta superação da visão, esta transgressão do olhar, não são seu próprio símbolo, e como que seu maior elogio? Os óculos e o espelho tornam-se a imagem do olhar não mais é um simples meio de ligar o olho a um ponto do espaço, não mais puramente funcional, transparente, transitivo. Os objetos são, de algum modo, olhar materializado ou opaco, uma quinta-essência do olhar. Encontra-se aliás a mesma ambiguidade fecunda na palavra "visionário": aquele que vê e não vê, ao mesmo tempo grau superior e negação da visão. Por isso é que, querendo exaltar os olhos, Hoffmann tem necessidade de identificá-los a espelhos: "Seus olhos [os de uma fada poderosa] são o espelho em que toda a loucura de amor se reflete, se reconhece e se admira com alegria" (p. 75).

"A Princesa Brambilla" não é o único conto de Hoffmann em que o olhar é o tema predominante: somos invadidos literalmente, em sua obra, por microscópios, binóculos, olhos falsos e verdadeiros etc. Aliás, Hoffmann não é o único contista que permite estabelecer a relação de nossa rede de temas com o olhar. E preciso no entanto ser prudente em nossa procura de um tal paralelismo: se as palavras "olhar", "visão", "espelho" etc., aparecem num texto, isto não significa ainda que estamos diante de uma variante do "tema do olhar". Isto significaria postular para cada unidade minimal do discurso literário um sentido único e definitivo; foi precisamente a isto que nos recusamos.

Em Hoffmann, pelo menos, há realmente coincidência entre o "tema do olhar" (tal qual se colocou em nosso léxico descritivo) e as "imagens do olhar", tal como se descobrem no próprio texto; eis por que sua obra é particularmente reveladora.

Vê-se assim que é possível qualificar esta primeira rede de temas de mais de uma maneira, segundo o ponto de vista em que nos colocamos. Antes de escolher entre estas ou mesmo simplesmente precisá-las, deveremos percorrer uma outra rede temática.

8. OS TEMAS DO *TU*

*Uma página de Louis Lambert. – O desejo sexual
puro e intenso. – O diabo e a libido. – A religião,
a castidade e a mãe. – O incesto. – O homossexualismo. – O amor a mais de dois. – Crueldade, que
provoca ou não o prazer. – A morte: contiguidades
e equivalências com o desejo. – A necrofilia e os
vampiros. – O sobrenatural e o amor ideal. – O
outro e o inconsciente.*

O romance de Balzac *Louis Lambert* representa uma
das explorações mais avançadas daquilo que chamamos os
temas do *eu*. Louis Lambert é um ser em quem se encar-
nam, como no narrador de *Aurélia,* todos os princípios que
se deduzem de nossa análise. Lambert vive no mundo das
ideias mas as ideias aí se tornaram sensíveis; ele explora o
invisível como outros exploram uma ilha desconhecida.

Sobrevém um acontecimento com que nunca nos de-
paramos antes nos outros textos ligados à precedente rede

133

temática. Louis Lambert decide se casar. Apaixona-se não por uma quimera, por uma lembrança ou por um sonho, mas por uma mulher bem real; o mundo dos prazeres físicos começa a se abrir lentamente a seus sentidos que só percebiam até então o invisível. O próprio Lambert mal ousa acreditar nisso: "O que! Nossos sentimentos tão puros, tão profundos, tomarão as formas deliciosas das mil carícias que sonhei. Teu pequeno pé se descalçará para mim, serás completamente minha!" escreve a sua noiva (p. 436). E o narrador resume assim esta surpreendente metamorfose: "As cartas que o acaso conservou acusam aliás a transição do idealismo puro no qual vivia ao mais agudo sensualismo" (p. 441). O conhecimento da carne acrescentar-se-á ao do espírito.

De repente, a infelicidade se produz. Na véspera de seu casamento Louis Lambert fica louco. Cai de início num estado cataléptico; a seguir numa profunda melancolia cuja causa direta parece ser a ideia que faz de sua impotência. Os médicos o declaram incurável e Lambert, fechado numa casa de campo, extingue-se depois de alguns anos de silêncio, de apatia e de instantes fugidios de lucidez. Por que este desenvolvimento trágico? O narrador, seu amigo, tenta diversas explicações. "A exaltação que deve ter produzido a espera do maior prazer físico, ainda aumentada nele pela castidade do corpo e pela potência da alma, teria talvez determinado esta crise cujos resultados são tão desconhecidos quanto a causa" (pp. 440-441). Mas, mais além destas causas físicas ou psíquicas, acha-se sugerida uma razão que se poderia quase classificar de formal. "Talvez tenha visto nos prazeres de seu casamento um obstáculo à perfeição de seus sentidos interiores e a seu voo através dos mundos espirituais" (p. 443). Deveríamos então escolher entre a satisfação dos sentidos exteriores ou interiores; querer satisfazê-los a todos leva a este escândalo formal que se chama: loucura.

Indo mais longe, diremos que o escândalo formal atestado no livro se duplica numa transgressão propriamente literária: dois temas incompatíveis acham-se colocados lado a lado, no mesmo texto. Poderemos partir desta incompatibilidade para fundamentar a diferença entre duas redes de temas: o primeiro, que conhecemos já sob o nome dos temas do *eu*; o segundo, onde encontramos no momento a sexualidade, será designado por "os temas do *tu*". Gautier assinalou aliás a mesma incompatibilidade no "Club des hachichins": "Nada de material se misturava a este êxtase; nenhum desejo terrestre alterava sua pureza. Aliás o próprio amor não teria podido aumentá-lo, um Romeu que fumasse haxixe teria esquecido Julieta. (...) Devo convir que para um fumante de haxixe a mais bela jovem de Verona não valeria a pena" (p. 205).

Existe então um tema que não encontramos nunca nas obras que fazem aparecer a rede pura dos temas do *eu*, mas que volta, ao contrário, com insistência nos outros textos fantásticos. A presença ou ausência deste tema nos proporciona um critério formal para distinguir, no interior da literatura fantástica, dois campos, cada um deles constituído por um número considerável de elementos temáticos.

Louis Lambert e o "Club des hachichins", obras que apresentam de início temas do *eu*, definem pelo exterior, como no vazio, este novo tema da *sexualidade*. Se examinamos no momento obras que pertencem à segunda rede, poderemos observar as ramificações que aí recebe este tema. O desejo sexual pode atingir aí uma potência insuspeitada: não se trata de uma experiência entre outras, mas daquilo que há de mais essencial na vida. Testemunha Romuald, o padre de "La Morte amoureuse": "Por ter levantado uma única vez o olhar para uma mulher, por uma falta em aparência tão leve, experimentei durante muitos anos as mais miseráveis agitações: minha vida foi perturbada para todo o sempre" (p. 94). E ainda: "Não olhem nunca para uma mulher, e caminhem sempre com os olhos fixos no chão, pois, por mais casto e calmo que sejam, basta um minuto para fazê-los perder a eternidade" (p. 117).

O desejo sexual exerce aqui sobre o herói um domínio excepcional. "O Monge" de Lewis, cuja atualidade se deve principalmente a suas agudas descrições do desejo, oferece-nos talvez os melhores exemplos disso. O monge Ambrosio é inicialmente tentado por Mathilde. "Ela levantou o braço e fez o gesto de se ferir. Os olhos do monge seguiram com terror os movimentos de sua arma. Sua veste entreaberta deixava ver o peito seminu. A ponta da lâmina pesava sobre o seio esquerdo, e, meu Deus, que seio! Os raios da lua que o iluminavam de cheio permitiam ao prior observar sua brancura deslumbrante. Seu olho passeou com uma avidez insaciável sobre o globo enfeitiçante. Uma sensação até então desconhecida encheu-lhe o coração de um misto de angústia e volúpia. Um calor ardente percorreu seus membros e mil desejos desenfreados arrebataram-lhe a imaginação. – Pare! gritou com voz perdida. Não resisto mais" (p. 76).

Mais tarde, o desejo de Ambrosio muda de objeto mas não de intensidade. A cena em que o monge observa Antonia num espelho mágico enquanto esta se prepara para tomar banho, é uma prova disso; uma vez mais, "seus desejos se moveram em frenesi" (p. 227). E ainda, durante a violação frustrada de Antonia: "O coração batia-lhe na boca, enquanto que com os olhos devorava aquelas formas de que logo iria se apoderar" (p. 249). "Experimentou um prazer vivo e rápido que o inflamou até o frenesi" (p. 250) etc. Trata-se de fato de uma experiência ímpar por sua intensidade.

Não será surpreendente, por conseguinte, descobrir sua relação com o sobrenatural: já sabemos que este aparece sempre numa experiência dos limites, nos estados "superlativos". O desejo, como tentação sensual, encontra sua encarnação em algumas das figuras mais frequentes do mundo sobrenatural, em particular na do diabo. Pode-se dizer, simplificando, que o diabo não é senão uma palavra para designar a *libido*. A sedutora Mathilde em "O Monge" é, como o saberemos, "um espírito secundário mas maligno", servidor fiel de Lúcifer. E já em "Le diable amoureux"

136

dispõe-se de um exemplo inambíguo da identidade do diabo e da mulher ou, mais exatamente, do desejo sexual. Em Cazotte, o diabo não procura se apoderar da alma eterna de Alvare; exatamente como uma mulher, contenta-se em possuí-lo aqui embaixo, na terra. A ambiguidade em que se mantém a capacidade de decifração do leitor deve-se em grande parte ao fato de que o comportamento de Biondetta em nada difere do de uma mulher apaixonada. Tomemos esta frase: "Segundo um rumor geral, autorizado por muitas cartas, um diabrete roubou um capitão dos guardas do rei de Nápoles e o conduziu a Veneza" (p. 223). Não soa como a constatação de um fato mundano, em que a palavra "diabrete", longe de designar um ser sobrenatural, parece aplicar-se muito bem a uma mulher? E em seu epílogo Cazotte o confirma: "Acontece à vítima o que poderia acontecer a um enamorado, seduzido pelas mais honestas aparências" (p. 287). Não há diferença entre uma simples aventura galante e a de Alvare com o diabo; o diabo é a mulher enquanto objeto do desejo.

Dá-se o mesmo em "Le Manuscrit trouvé à Saragosse". Quando Zibeddé tenta seduzir Alphonse, este parece ver crescer chifres na testa de sua bela prima. Thibaudet de la Jacquière acredita possuir Orlandine e ser "o mais feliz dos homens" (p. 172): mas no auge do prazer, Orlandine transforma-se em Belzebu. Numa outra das histórias encaixadas, encontra-se este símbolo transparente, os bombons do diabo, bombons que provocam o desejo sexual e que o diabo fornece de bom grado ao herói. "Zorilla encontrou minha *bombonière*; comeu duas pastilhas e ofereceu à irmã. Logo aquilo que tinha acreditado ver adquiriu alguma realidade: as duas irmãs foram dominadas por um sentimento interior e a ele se entregaram sem conhecê-lo. (...) A mãe entrou. (...) Seu olhar, evitando o meu, caiu sobre a *bombonière* fatal; daí tirou algumas pastilhas e se foi. Logo voltou, acariciou-me novamente, chamou-me de filho, e apertou-me nos braços. Deixou-me com um sentimento de pena e com grande esforço para se dominar. A perturbação de meus sentidos foi até o transporte: sentia o fogo circular em minhas veias, mal via os objetos circundantes, uma nuvem cobria-me a vista.

"Encaminhei-me para a varanda: a porta das jovens estava entreaberta, não pude impedir-me de entrar: a desordem de seus sentidos era mais excessiva que a minha; assustou-me. Quis arrancar-me de seus braços, não tive força. A mãe entrou; a censura morreu em sua boca: logo perdeu o direito de fazê-lo" (pp. 253-254). Aliás, mesmo estando a *bombonière vazia.*, o transporte dos sentidos não se interrompe; o dom do diabo é de fato o despertar do desejo, que nada mais pode deter.

O severo abade Serapião, em "La Morte amoureuse", irá mais longe ainda nesta colocação temática: a cortesã Clarimonde que faz do prazer seu ofício não é para ele nada mais do que "Belzebu em pessoa" (p. 102). Ao mesmo tempo, a pessoa do abade ilustra o outro termo da oposição: a saber, Deus, e mais ainda, seus representantes na terra, os servidores da religião. É aliás a definição que dá Romuald a seu novo estado: "Ser padre! isto é, casto, não amar, nem distinguir sexo ou idade ..." (p. 87). E Clarimonde sabe qual é seu adversário direto: "Ah! como tenho ciúmes de Deus, que amaste e que ainda amas mais do que a mim" (p. 105).

O monge ideal, tal qual aparece em Ambrosio, no início do romance de Lewis, é a encarnação da assexualidade. "Aliás, parece [diz uma outra personagem], observar tão estritamente o voto de castidade, que é absolutamente incapaz de discernir a diferença entre um homem e uma mulher" (p. 29).

Alvare, o herói de "Le Diable amoureux", vive na consciência da mesma oposição; e quando acredita ter pecado comunicando-se com o diabo, decide renunciar às mulheres e fazer-se monge: "Assumamos o estado eclesiástico. Sexo encantador, é preciso que a vós renuncie ..." (pp. 276-277). Afirmar a sensualidade, é negar a religião; é por isso que Vathek, o califa que só se preocupa com prazeres, regozija-se com o sacrilégio e a blasfêmia.

Encontra-se a mesma oposição em "Le Manuscrit trouvé à Saragosse". O objeto que impede as duas irmãs de se entregarem a Alphonse é o medalhão que este carrega: "É uma joia que minha mãe me deu e que prometi usar sempre; ele contém um pedaço da cruz verdadeira" (p. 58); e no dia em que o acolhem em seu leito, Zibeddé corta previamente a fita do medalhão. A cruz é incompatível com o desejo sexual.

A descrição do medalhão fornece um outro elemento que pertence à mesma oposição: a mãe como oposta à mulher. Para que as primas de Alphonse tirem os cintos de castidade, é preciso que seja afastado o medalhão, presente da mãe. E em "La Morte amoureuse" encontra-se esta frase curiosa: "Não me lembrava de ter sido padre tal como não me lembrava do que havia feito no ventre de minha mãe" (p. 108). Há uma espécie de equivalência entre a vida no corpo da mãe e o estado de padre, isto é, a recusa da mulher como objeto do desejo.

Esta equivalência ocupa um lugar central em "Le Diable amoureux". A força que impede Alvare de se entregar totalmente à mulher-diabo Biondetta, é precisamente a imagem da mãe; ela aparecerá em todos os instantes decisivos da intriga. Eis um sonho de Alvare em que a oposição se manifesta sem nenhum disfarce: "Acreditei ver minha mãe em sonho (…). Ao passar por um estreito desfiladeiro onde caminhava com segurança, uma mão de repente me empurra para um precipício; eu a reconheço, é a de Biondetta. Eu estava caindo, uma outra mão me retira, e acho-me nos braços de minha mãe" (pp. 190-191). O diabo empurra Alvare para o precipício da sensualidade: a mãe o segura. Mas Alvare cede sempre mais aos encantos de Biondetta e sua queda está próxima. Um dia, passeando pelas ruas de Veneza e surpreendido pela chuva, refugia-se numa igreja; aproximando-se de uma das estátuas, acredita nela reconhecer a mãe. Compreende então que seu amor nascente por Biondetta o fazia esquecê-la, decide deixar a jovem mulher e voltar à primeira: "Coloquemo-nos ainda uma vez sob este querido abrigo" (p. 218).

O diabo-desejo se apoderará de Alvare antes que este tenha achado proteção junto à mãe. A queda de Alvare será completa: mas nem por isso definitiva; como se tratasse de uma simples relação galante, o doutor Quebracuernos indica-lhe o caminho da salvação: "Formai laços legítimos com uma pessoa do sexo; que vossa respeitável mãe presida à escolha ..." (p. 285). A relação com uma mulher, para não ser diabólica, deve-se ver vigiada e censurada maternalmente.

Mais além deste amor intenso mas "normal" por uma mulher, a literatura fantástica ilustra muitas transformações do desejo. A maior parte dentre elas não pertence verdadeiramente ao sobrenatural, mas antes a um "estranho" social. O incesto constitui aqui uma das variedades mais frequentes. Encontra-se já em Perrault ("Peau d'âne") o pai criminoso, apaixonado pela filha; *As Mil e uma noites* contam casos de amor entre irmão e irmã ("História do primeiro calândar"), entre mãe e filho ("História de Camaralzaman"). Em "O Monge", Ambrosio apaixona-se por sua própria irmã, Antonia, viola-a e mata, depois de ter assassinado a mãe. No episódio de Barkiarokh, em "Vathek", o amor do herói pela filha por pouco não se completa.

O homossexualismo é uma outra variedade de amor que a literatura fantástica retoma frequentemente. "Vathek" pode nos servir ainda de exemplo: não apenas na descrição dos jovens rapazes massacrados pelo Califa ou na de Gulchenrouz, mas também e principalmente no episódio de Alasi e Firouz, em que a relação homossexual é tardiamente atenuada: o príncipe Firouz era de fato a princesa Firouzkah. É de se notar que a literatura desta época joga muitas vezes (como notou André Parreaux em seu livro dedicado a Beckford) com uma ambiguidade quanto ao sexo da pessoa amada: assim Biondetto-Bion-detta em "Le Diable amoureux", Firouz-Firouzkah em "Vathek", Rosario-Mathilde, em "O Monge".

Uma terceira variedade do desejo poderia ser caracterizada como "o amor a mais de dois", sendo o amor a três a forma mais corrente. Este tipo de amor não tem nada de surpreendente nos contos orientais: assim, o terceiro *calândar* (em *As Mil e uma noites*) vive tranquilo com suas quarenta mulheres. Numa cena de "Le Manuscrit trouvé à Saragosse" citada mais acima, viu-se Hervas na cama com três mulheres, a mãe e as duas filhas.

De fato, o "Manuscrit" oferece alguns exemplos complexos que combinam as variedades enumeradas até aqui. Assim quanto à relação de Alphonse com Zibeddé e Emina: ela é inicialmente homossexual, pois as duas moças vivem juntas, antes de encontrar Alphonse. Na descrição que faz de sua juventude, Emina fala sem cessar daquilo que chama de "nossas inclinações", da "infelicidade de viver uma sem a outra", do desejo de "desposar o mesmo homem" para não ter que se separar. Este amor é também de caráter incestuoso, já que Zibeddé e Emina são irmãs (Alphonse é aliás um parente também, seu primo). Enfim, é sempre um amor a três: nenhuma das irmãs encontra Alphonse sozinho. Acontece mais ou menos o mesmo com Pascheco que compartilha a cama de Inésille e de Camille (esta última declara: "Pretendo que uma cama nos sirva esta noite", p. 75); ora, Camille é irmã de Inésille; a situação se complica ainda pelo fato de que Camille é a segunda mulher do pai de Pascheco, isto é, de algum modo, sua mãe, e Inésille, sua tia.

O "Manuscrit" oferece-nos uma outra variedade de desejo, próximo do sadismo, com a princesa de Mont-Salerno que conta como se comprazia "em pôr a submissão de minhas mulheres a todas as provas (...). Eu as castigava seja beliscando-as, seja enfiando-lhes alfinetes nos braços e nas coxas" (p. 208).

Alcança-se aí a crueldade pura, cuja origem sexual nem sempre é aparente. Esta origem, ao contrário, deixa-se identificar numa passagem de "Vathek" descrevendo uma alegria sádica: "Carathis dava pequenos jantares para tornar-se agradável aos poderes tenebrosos. As damas mais famosas pela beleza eram convidadas. Procurava principalmente as mais brancas e as mais delicadas. Não havia nada mais elegante do que esses jantares; mas quando a alegria se tornava geral, seus eunucos faziam escorregar sobre a mesa víboras, e aí esvaziavam potes cheios de escorpiões. Mordiam – como podem imaginar – que era uma beleza. Carathis fingia não percebê-lo, e ninguém ousava se mexer. Quando via que os convivas iam expirar, divertia-se cuidando de alguns ferimentos, com uma excelente teriaga de sua composição; porque esta boa Princesa tinha horror ao ócio" (p. 104).

As cenas de crueldade, em "Le Manuscrit trouvé à Saragosse", são semelhantes em espírito. Trata-se de torturas que provocam prazer em quem as inflinge. Eis um primeiro exemplo, em que a crueldade é tão intensa que é atribuída a forças sobrenaturais. Paschecho é torturado pelos dois enforcados-demônios: "Então o outro enforcado, que tinha me segurado a perna esquerda, quis também brincar com as garras. Primeiro começou por fazer cócegas na planta do pé que segurava. Depois o monstro arrancou a pele, separou-lhe os nervos, deixou-os a descoberto e quis tocar neles como se fossem um instrumento musical; mas como não deixasse escapar um som que lhe desse prazer, enfiou o esporão em meu jarrete, segurou os tendões e pôs-se a torcê-los, como se faz para afinar uma harpa. Enfim pôs-se a tocar em minha perna da qual tinha feito um saltério. Escutei seu riso diabólico" (pp. 77-78).

Uma outra cena de crueldade é obra de seres humanos: encontra-se no discurso dirigido a Alphonse pelo falso inquisidor: "Meu caro filho, não se assuste com o que vou lhe dizer. Vamos maltratá-lo um pouco. Está vendo estas duas pranchas? Suas pernas serão aí colocadas e amarradas com uma corda. Em seguida, vamos colocar entre suas pernas estas cunhas aqui e fincá-las com marteladas. Primeiro seus pés incharão. A seguir, o sangue jorrará dos artelhos e as unhas dos outros dedos cairão todas. A seguir a planta dos pés estourará, e veremos sair dela uma espécie de gordura misturada com carnes esmagadas. Isto vai doer muito. Você não responde nada; também tudo isso não passa por enquanto de uma tortura comum. Todavia, você vai desmaiar. Estes são frascos cheios com álcoois diversos e com os quais o despertarão. Assim que recobrar os sentidos, estas cunhas serão substituídas por estas aqui, bem maiores. Ao primeiro golpe seus joelhos e calcanhares se quebrarão. Ao segundo, suas pernas se racharão ao comprido. A medula sairá e escorrerá sobre esta palha, misturada ao seu sangue. Você não quer falar? ... Vamos, apertem-lhe os polegares"(p. 101).

Poderíamos procurar, através de uma análise estilística, os meios graças aos quais esta passagem atinge seu efeito. O tom calmo e metódico do inquisidor tem certamente certa influência, do mesmo modo que a precisão dos termos que designam as partes do corpo. Notemos igualmente que, nos dois últimos exemplos, trata-se de uma violência puramente verbal: as narrativas não descrevem um acontecimento propriamente acontecido no universo do livro. Ainda que um esteja no passado, e o outro, no futuro, ambos dependem de fato de um mundo não real mas virtual: são duas narrativas de ameaça. Alphonse não vive estas crueldades, nem mesmo as observa, descrevem-nas, fala-se delas diante dele. Não são os gestos que são violentos, pois na verdade não há nenhum gesto; mas as palavras. A violência se exerce não apenas através da linguagem (não se trata nunca de outra coisa em literatura), mas também propriamente nela. O ato de crueldade consiste na articulação de certas frases, não numa sucessão de atos efetivos.

"O Monge" nos faz conhecer uma outra variedade de crueldade, em referência não a quem a exerce e sem provocar portanto uma alegria sádica na personagem: a natureza verbal da violência, bem como sua função, que se exerce diretamente sobre o leitor, tornam-se assim mais claras ainda. Os atos de crueldade não visam caracterizar uma personagem; mas as páginas em que são descritos reforçam e matizam a atmosfera de sensualidade em que se banha a ação. A morte de Ambrosio nos fornece um exemplo: a da abadessa, cuja violência Artaud acusou vigorosamente em sua tradução, é mais atroz ainda. "Os revoltosos agarravam sua vingança e não estavam dispostos a deixá-la ir-se. Prodigalizaram à superiora os mais imundos insultos, arrastaram-na pelo chão e encheram-lhe o corpo e a boca de excrementos; jogavam-na de um a outro e cada qual encontrava, para atormentá-la, alguma nova atrocidade. Pisotearam seus gemidos com botinadas, deixaram-na nua e arrastaram seu corpo sobre as calçadas enquanto a flagelavam e enchiam suas feridas com lixo e escarros. Depois de tê-la arrastado pelos pés e de se divertido em fazer saltar sobre as pedras seu crânio ensanguentado, colocavam-na de pé e a forçavam a correr aos pontapés. Depois, uma pedra lançada por mão experimentada furou-lhe a têmpora; ela caiu no chão onde alguém rachou-lhe o crânio com o salto do sapato, e depois de alguns instantes ela expirou. Encarniçaram-se sobre ela e, ainda que não sentisse nada e fosse incapaz de responder, a canalha continuou a chamá-la pelos mais odiosos nomes. Rolaram seu corpo ainda durante uma centena de metros e a multidão só se cansou quando este se tornou apenas uma massa de carne sem nome" (p. 239; ser "sem nome" é de fato o último grau da destruição).

A cadeia que partia do desejo e passava pela crueldade nos fez encontrar a morte; o parentesco destes dois temas é de resto bem conhecido de todos. Sua relação não é sempre a mesma, mas se pode dizer que está sempre presente. Em Perrault, por exemplo, uma equivalência se estabelece entre o amor sexual e o suplício. Isto aparece de maneira explícita em "O Chapeuzinho vermelho" em que despir-se, ir para a cama com um ser de outro sexo, equivale a ser comido, perecer. *Barba Azul* repete a mesma moral: o sangue coagulado, que evoca o sangue menstrual, acarreta a sentença de morte.

Em "O Monge", a relação dos dois temas é de contiguidade mais do que de equivalência. É tentando possuir Antonia que Ambrosio mata a mãe; é depois de tê-la violado, que se vê obrigado a matá-la. A cena da violação é aliás colocada sob o signo da proximidade do desejo e da morte: "O corpo intacto e muito branco de Antonia adormecida repousando entre os dois cadáveres em completa putrefação" (pp. 317-318).

Esta variante da relação, em que o corpo desejável é comparado ao cadáver, será predominante em Potocki, mas resvala-se de novo da contiguidade à substituição. A mulher desejável transforma-se em cadáver: tal é o esquema da ação, repetido continuamente de "Le Manuscrit trouvé à Saragosse". Alphonse adormece com as duas irmãs nos braços; ao despertar, encontra em seu lugar dois cadáveres. O mesmo acontecerá com Pascheco, Uzeda, Rebecca e Velásquez. A aventura de Thibaud de la Jacquière é ainda mais grave: acredita fazer amor com uma mulher desejável e esta se torna ao mesmo tempo diabo e cadáver: "Orlandine não mais existia. Thibaud só viu em seu lugar um horrível conjunto de formas desconhecidas e hediondas. (...) No dia seguinte de manhã os camponeses... foram lá e encontraram Thibaud deitado sobre uma carniça meio apodrecida" (p. 172). Vê-se a diferença em relação â Perrault: neste, a morte pune diretamente a mulher que se deixa arrastar por seus desejos; em Potocki, ela pune o homem transformando o objeto de seu desejo em cadáver.

A relação é outra ainda em Gautier. O padre de "La morte amoureuse" experimenta uma perturbação sensual ao contemplar o corpo morto de Clarimonde; a morte não a torna, absolutamente, odiosa para ele, e até, pelo contrário, parece aumentar-lhe o desejo. "Devo confessá-lo? aquela perfeição de formas, ainda que purificada e santificada pela sombra da morte, perturbava-me mais voluptuosamente do que deveria" (p. 98). Mais tarde, durante a noite, ele não se contenta mais com a contemplação. "A noite avançava e, sentindo se aproximar o momento da separação eterna, não pude me recusar esta triste e suprema doçura de depositar um beijo nos lábios mortos daquela que tinha tido todo o meu amor" (p. 99).

Este amor pela morte, apresentado aqui sob forma levemente velada e que em Gautier igualmente se apresenta como o amor por uma estátua, pela imagem de um quadro etc., leva o nome de necrofilia. Na literatura fantástica, a necrofilia assume habitualmente a forma de um amor com vampiros ou com mortos que voltaram ao meio dos vivos. Esta relação pode de novo ser apresentada como a punição a um desejo sexual excessivo; mas ela pode também não receber uma valorização negativa. Assim quanto à relação entre Romuald e Clarimonde: o padre descobre que Clarimonde é um vampiro fêmea, mas esta descoberta não altera absolutamente seus sentimentos. Depois de ter pronunciado um monólogo em honra ao sangue, diante de Romuald que ela julga estar adormecido, Clarimonde passa à ação. "Enfim ela se decidiu, fez-me uma pequena picada com sua agulha e pôs-se a bombar-lhe o sangue que escorria. Ainda que tivesse bebido apenas algumas gotas, ficou com medo de que eu me esgotasse e envolveu-me cuidadosamente o braço com uma pequena tirinha depois de ter esfregado a ferida com um unguento que a cicatrizou imediatamente.

Não podia ter mais dúvidas, o abade Serapião tinha razão. Entretanto, apesar desta certeza, não podia impedir-me de amar Clarimonde, e lhe teria dado de boa vontade todo o sangue de que necessitasse para sustentar sua existência fictícia (…). Ter-me-ia aberto o braço eu mesmo dizendo a ela: Bebe! e que meu amor se infiltre em seu corpo com meu sangue!" (p. 113). A relação entre morte e sangue, amor e vida é aqui evidente.

Uma vez que vampiros e diabos são postos "do lado dos bons", é de se prever que os padres e o espírito religioso sejam condenados e tratados pelos piores nomes: até mesmo pelo de diabo! Esta reviravolta integral produz-se igualmente em "La Morte amoureuse". É o que se dá com esta encarnação da moral cristã, o abade Serapião, que considera como um dever desenterrar o corpo de Clarimonde e matá-la uma segunda vez: "O zelo de Serapião tinha alguma coisa de duro e de selvagem que o fazia parecer mais com

146

um demônio do que com um apóstolo ou anjo..." (p. 115). Em "O Monge", Ambrosio espanta-se em ver a ingênua Antonia ler a Bíblia: "Como é, pensa ele, que ela lê a Bíblia e sua inocência não fica com isto deflorada?" (p. 215).

Encontramos, portanto, nos diversos textos fantásticos, uma mesma estrutura, mas valorizada diferentemente. O amor carnal, intenso, se não excessivo, e todas as suas transformações, são ou condenados em nome dos princípios cristãos, ou louvados. Mas a oposição é sempre a mesma: com o espírito religioso, a mãe etc. Nas obras em que o amor não é condenado, as forças sobrenaturais intervém para ajudá-lo a se realizar. Já encontramos um exemplo disso nas *Mil e uma noites*: quando Aladim consegue realizar seu desejo com a ajuda precisamente de instrumentos mágicos, o anel e a lâmpada. O amor de Aladim pela filha do sultão teria permanecido para sempre um sonho, não fosse a intervenção das forças sobrenaturais. O mesmo em Gautier. Pela vida que conserva depois da morte, Clarimonde permite a Romuald realizar um amor ideal, ainda que condenado pela religião oficial (e vimos que o abade Serapião não estava longe de se parecer, ele próprio, com os demônios). Tampouco é o arrependimento que no fim domina a alma de Romuald: "Senti sua falta mais de uma vez, dirá ele, e sinto-a ainda" (pp. 116-117). Este tema recebe um desenvolvimento pleno no último conto fantástico de Gautier, "Spirite". Guy de Mallivert, o herói da narrativa, apaixona-se pelo espírito de uma jovem morta, e graças à comunicação que se estabelece entre eles, descobre o amor ideal que procurava em vão junto às mulheres terrestres. Esta sublimação do tema do amor nos faz deixar a rede de temas que aqui nos preocupa para entrar numa outra rede, a do *eu*.

Resumamos nosso percurso. O ponto de partida desta segunda rede permanece o desejo sexual. A literatura fantástica dedica-se a descrever particularmente suas formas excessivas bem como suas diferentes transformações ou, se quisermos, perversões. Um lugar à parte deve ser dado à crueldade e à violência, mesmo que sua relação com o desejo esteja fora de dúvidas. Do mesmo modo, as preocupações concernentes ã morte, à vida depois da morte, aos cadáveres e ao vampirismo, estão ligadas ao tema do amor. O sobrenatural não se manifesta com igual intensidade em cada um dos casos: ele aparece para dar a medida de desejos sexuais particularmente poderosos e para nos introduzir na vida depois da morte. Ao contrário, a crueldade ou as perversões humanas não saem geralmente dos limites do possível e estamos em presença, digamos, apenas do socialmente estranho e improvável.

Vimos que se podiam interpretar os temas do *eu* igualmente como emprego da relação entre o homem e o mundo, do sistema percepção-consciência. Aqui, nada de semelhante: se quisermos interpretar os temas do *tu* ao mesmo nível de generalidade, deveremos dizer que se trata preferentemente da relação do homem com seu desejo e, por isto mesmo, com seu inconsciente. O desejo e suas diversas variações, inclusive a crueldade, são igualmente figuras em que se acham colocadas as relações entre os seres humanos; ao mesmo tempo, a posse do homem pelo que se pode chamar rapidamente "seus instintos" coloca o problema da estrutura da personalidade, de sua organização interna. Se os temas do *eu* implicavam essencialmente uma posição passiva, aqui se observa, ao contrário, uma forte *ação* sobre o mundo circundante; o homem não se mantém mais como um observador isolado, ele entra numa relação dinâmica com outros homens. Enfim, se se podiam consignar na primeira rede de temas os "temas do olhar", pela importância que a vista e a percepção em geral aí assumiam, deveríamos falar aqui de preferência dos "temas do *discurso*" uma vez que a linguagem é, com efeito, a forma por excelência – e o agente estruturante – da relação do homem com outrem.

148

9. OS TEMAS DO FANTÁSTICO: CONCLUSÃO

*Particularizações a respeito do que se acaba de
fazer. – Poética e crítica. – Polissemia e opacidade
das imagens. – Passam-se em revista oposições
paralelas. – Infância e maturidade. – Linguagem
e ausência de linguagem. –As drogas. – Psicoses e
neuroses. – Longa digressão a respeito das aplica-
ções da psicanálise nos estudos literários. – Freud,
Penzoldt. – Retorno ao tema: magia e religião. – O
olhar e o discurso. – Eu e tu. – Conclusão reservada.*

Acabamos de estabelecer duas redes temáticas que se
distinguem por sua distribuição; quando os temas da primeira rede aparecem ao mesmo tempo que os da segunda,
é precisamente para indicar que há incompatibilidade,
como em *Louis Lambert* ou em "Le Club des hachichins".
Resta-nos tirar as conclusões desta distribuição.

A abordagem dos temas que acabamos de esboçar tem
um aspecto bastante limitado. Ao comparar nossas observações sobre *Aurélia*, por exemplo, com aquilo que um

estudo temático a esse respeito nos revela, percebe-se que existe entre os dois uma diferença de natureza (independente do juízo de valor que se possa fazer, evidentemente). Geralmente, quando, num estudo temático se fala do duplo ou da mulher, do tempo ou do espaço, tenta-se reformular em termos mais explícitos o sentido do texto. Localizando os temas, interpretamo-los; parafraseando o texto, nomeamos o sentido.

Nossa atitude foi completamente diferente. Não tentamos interpretar temas, mas unicamente constatar sua presença. Não procuramos dar uma interpretação do desejo, tal qual se manifesta em "O Monge", ou da morte, em "La Morte amoureuse", como teria feito uma crítica de temas; contentamo-nos com assinalar sua existência. O resultado é um conhecimento ao mesmo tempo limitado e menos discutível.

Dois objetos diferentes acham-se aqui envolvidos por duas diferentes atividades: a *estrutura* e o *sentido*, *a poética* e a *interpretação*. Toda obra possui uma estrutura, que é o relacionamento de elementos emprestados às diferentes categorias do discurso literário; e esta estrutura é ao mesmo tempo o lugar do sentido. Em poética, contentamo-nos com estabelecer a presença de certos elementos na obra; mas se pode adquirir um grau elevado de certeza, se este conhecimento se deixa verificar por uma série de procedimentos. O crítico, este, atribui-se uma tarefa mais ambiciosa: nomear o sentido da obra; mas o resultado desta atividade não pode pretender ser nem científico nem "objetivo". Há, evidentemente, interpretações mais justificadas do que outras; mas nenhuma delas pode declarar-se a única verdadeira. Poética e crítica não passam pois de instâncias de uma oposição mais geral entre ciência e interpretação. Esta oposição, em que aliás os dois termos são igualmente dignos de interesse, nunca é pura na prática; a ênfase dada a um ou outro permite mantê-los distintos.

Não é por acaso que, ao estudar um gênero, colocamo-nos na perspectiva da poética. O gênero representa preci-

150

samente uma estrutura, uma configuração de propriedades literárias, um inventário de possíveis. Mas a pertença de uma obra a um gênero literário nada nos diz ainda sobre seu sentido. Ela permite-nos somente constatar a existência de uma certa regra segundo a qual esta obra – e muitas outras – podem ser julgadas.

Acrescentemos que as duas atividades têm cada uma delas um objeto de predileção: o da poética é a literatura em geral, com todas as suas categorias, cujas diferentes combinações formam os gêneros; o da interpretação, ao contrário, é a obra em particular; o que interessa ao crítico não é o que a obra tem em comum com o resto da literatura, mas o que tem de específico. Esta diferença de objetivo provoca evidentemente uma diferença de método: enquanto que, para o estudioso da poética, se trata do conhecimento de um objeto que lhe é exterior, o crítico tende a se identificar com a obra, a se constituir em seu sujeito. Retomando nossa discussão da crítica temática, notemos que esta encontra, na perspectiva da interpretação, a justificação que lhe faltava aos olhos da poética. Renunciamos a descrever a organização das imagens, que se faz na própria superfície do texto; mas nem por isso ela deixa de existir. É legítimo observar, no interior de um texto, a relação que se estabelece entre a cor do rosto de um fantasma, a forma do alçapão pelo qual desaparece, o odor singular que deixa este desaparecimento. Uma tarefa dessa natureza, incompatível com os princípios da poética, encontra seu lugar no quadro da interpretação.

Não teríamos tido necessidade de evocar esta oposição se o problema não fosse aqui, precisamente, temas. Aceita-se, em geral, a existência de dois pontos de vista, o da crítica e o da poética, quando se trata dos aspectos verbal ou sintático da obra: a organização fônica ou rítmica, a escolha das figuras retóricas ou dos procedimentos de composição, são há muito tempo o objeto de um estudo mais ou menos rigoroso. Mas a este estudo, o aspecto semântico, ou os temas da literatura, escapou até o momento presente: do mesmo modo que em Linguística tinha-se até recentemente a tendência a excluir o sentido, e portanto a semântica, dos limites da ciência para não se prender senão à fonologia e à sintaxe, do mesmo modo nos estudos literários aceita-se uma abordagem teórica dos elementos "formais" da obra, tais como o ritmo e a composição, mas é ela recusada se se trata de "conteúdos". Vimos, no entanto, a que ponto a oposição entre forma e conteúdo era não-pertinente; podemos distinguir, ao contrário, entre uma estrutura, constituída por todos os elementos literários, inclusive os temas, por um lado, e, por outro lado, o sentido que um crítico dará não somente aos temas, mas também a todos os aspectos da obra; sabe-se por exemplo que os ritmos poéticos (iambo, troqueu etc.) possuíram, em certas épocas, interpretações afetivas: alegre, triste etc. Observou-se aqui mesmo que um procedimento estilístico tal como a modalização podia ter um sentido preciso em *Aurélia*, onde significa a hesitação própria ao fantástico. Tentamos então proceder a um estudo dos temas que os coloca no mesmo nível de generalidade que os ritmos poéticos; estabelecemos duas redes temáticas sem pretender dar ao mesmo tempo uma interpretação destes temas, tais como aparecem em cada obra particular. Isto para evitar qualquer mal-entendido.

É necessário assinalar um outro erro possível. Trata-se do modo de compreensão das imagens literárias, tais quais se fizeram notar até o momento presente.

Estabelecendo nossas redes temáticas, aí colocamos, lado a lado, termos abstratos – a sexualidade, a morte – e termos concretos – o diabo, o vampiro –. Assim procedendo, não quisemos estabelecer entre os dois grupos uma relação de significação (o diabo significaria o sexo; o vampiro, a necrofilia) mas uma compatibilidade, uma copresença. O sentido de uma imagem é sempre mais rico e mais complexo do que uma determinada tradução deixaria supor, e isto por muitas razões.

Inicialmente, há razões em se falar de uma polissemia da imagem. Tomemos por exemplo o tema (ou a imagem) do duplo, tratado em muitos textos fantásticos; mas em cada obra particular o duplo tem um sentido diferente, que depende das relações que mantém este tema com outros. Essas significações podem mesmo ser opostas; assim em Hoffmann e Maupassant. O aparecimento do duplo é causa de alegria no primeiro; é a vitória do espírito sobre a matéria. Em Maupassant, ao contrário, o duplo encarna a ameaça: é o ante-signo do perigo e do medo. Sentidos opostos ainda, em *Amélia* e no "Manuscrit trouvé à Saragosse". Em Nerval, o surgimento do duplo significa, entre outras coisas, um começo de isolamento, uma separação do mundo; em Potocki, ao contrário, este desdobramento, tão frequente ao longo de todo o livro, torna-se o meio de um contato mais estreito com os outros, de uma integração mais total. Assim, não ficaremos surpresos em encontrar a imagem do duplo numa e noutra das duas redes temáticas que estabelecemos: uma tal imagem pode pertencer a diferentes estruturas, pode ter também vários sentidos.

Por outro lado, a própria ideia de procurar uma tradução direta deve ser rejeitada, porque cada imagem significa sempre outras, num jogo infinito de relações; depois, porque ela se significa a si mesma: sem ser transparente possui um certo grau de espessura. Senão, seria preciso considerar todas as imagens como alegorias; e vimos que a alegoria implica uma indicação explícita de um outro sentido, o que faz dela um caso muito particular. Assim, não seguiremos Penzoldt quando escreve, a propósito do gênio que sai da garrafa (*As Mil e uma noites*): "O Gênio é evidentemente a personificação do desejo, enquanto que a rolha da garrafa, pequena e fraca como é, representa os escrúpulos morais do homem" (p. 106). Recusamos esta maneira de reduzir as imagens a significantes cujos significados seriam conceitos. Isto implicaria aliás na existência de um limite marcado entre umas e outras, o que é, como mais adiante veremos, inconcebível.

Depois de haver tentado explicitar o procedimento, deve-se tentar tornar inteligíveis seus resultados. Para fazê-lo, procuraremos compreender em que consiste a oposição das duas redes temáticas, e que categorias coloca em jogo. Retomemos primeiramente as comparações já esboçadas entre essas redes temáticas e outras organizações, mais ou menos conhecidas: esta comparação nos permitirá talvez penetrar mais profundamente na natureza da oposição, dar-lhe uma formulação mais precisa. Haverá no entanto ao mesmo tempo um recuo quanto à certeza com que poderemos afirmar nossa tese. Isto não é uma cláusula de estilo: tudo o que segue conserva, a nossos olhos, um caráter puramente hipotético, e deve ser tomado como tal.

Comecemos pela analogia observada entre a primeira rede, a dos temas do *eu*, e o universo da infância, tal como aparece ao adulto (segundo a descrição de Piaget): pode-se perguntar qual é a razão desta semelhança. Encontrar-se-á a resposta nos mesmos estudos de psicologia genética a que nos referimos: o acontecimento essencial que provoca a passagem da primeira organização mental à maturidade (através de uma série de estádios intermediários) é a chegada do sujeito à linguagem. É ela que faz desaparecer estes traços particulares ao primeiro período da vida mental: a ausência de distinção entre espírito e matéria, entre sujeito e objeto; as concepções pré-intelectuais da causalidade, do espaço e do tempo. Um mérito de Piaget é ter mostrado que esta transformação se opera precisamente graças à linguagem, mesmo quando isto não aparece de imediato. Assim por exemplo quanto ao tempo: "A criança torna-se, graças à linguagem, capaz de reconstituir suas ações passadas sob a forma de narrativa e de antecipar as ações futuras pela representação verbal" (*Six études*, p. 25); lembremo-nos de que o tempo não era, durante a primeira infância, a linha que reúne três pontos, mas antes um presente eterno (evidentemente muito diferente do presente que conhecemos e que é uma categoria verbal), elástico ou infinito.

Somos assim levados ao segundo paralelo que tínhamos operado: o da mesma rede temática com o mundo da droga; havíamos aí encontrado uma mesma concepção inarticulada e dúctil do tempo. Além do mais, trata-se de novo de um mundo sem linguagem: a droga se recusa à verbalização. Do mesmo modo ainda, o *outro* não tem aqui existência autônoma, o eu a ele se identifica, sem concebê--lo como independente.

Um outro ponto comum a estes dois universos, o da infância e o da droga, tem relação com a sexualidade. Lembramo-nos de que a oposição que nos permitiu estabelecer a existência de duas redes temáticas concernia precisamente à sexualidade (*em Louis Lambert*). Esta (mais exatamente: sua forma corrente e elementar) acha-se excluída tanto do mundo da droga quanto do dos místicos. O problema parece mais complexo quando se trata da infância. O lactente não vive num mundo sem desejos; mas este desejo é de início "auto-erótico"; a descoberta que acontece a seguir é a do desejo orientado para um objeto. O estado de superação das paixões, que se atinge através da droga (superação visada também pelos místicos) e que se poderia qualificar de pan--erótica, é, este, uma transformação da sexualidade semelhante à "sublimação". No primeiro caso, o desejo não tem objeto exterior; no segundo, seu objeto é o mundo inteiro; entre os dois situa-se o desejo "normal".

Vamos à terceira comparação indicada no decorrer do estudo dos temas do *eu*: aquela que se relaciona com as psicoses. Aqui também, o terreno é incerto; somos levados a nos apoiar em descrições (do mundo psicótico) feitas a partir do universo do homem "normal". O comportamento do psicótico acha-se aí evocado não como um sistema coerente, mas como a negação de um outro sistema, como um desvio. Falando do "mundo do esquizofrênico", ou do "mundo da criança", manejamos apenas simulacros destes estados, tais quais se elaboram pelo adulto não-esquizofrênico. O esquizofrênico, dizem-nos, recusa a comunicação e a intersubjetividade. E esta renúncia da linguagem o leva a viver num presente eterno. No lugar da linguagem comum, instaura uma "linguagem privada" (o que, evidentemente, é uma contradição nos termos e portanto também uma antilinguagem). Palavras emprestadas ao léxico comum recebem um sentido novo que o esquizofrênico mantém individual: não se trata simplesmente de fazer variar o sentido das palavras, mas de impedir que estas assegurem uma transmissão automática deste sentido. "O esquizofrênico, escreve Kasanin, não tem nenhuma intenção de mudar seu método de comunicação, altamente individual, e parece alegrar-se com o fato de que não o compreendam" (p. 129). A linguagem torna-se então um meio de cortar-se do mundo, contrário à sua função de mediador.

Os mundos da infância, da droga, da esquizofrenia, do misticismo formam todos em si realmente um paradigma a que pertencem igualmente os temas do *eu* (o que não quer dizer que não existam entre eles diferenças importantes). As relações entre estes termos, tomados dois a dois, foram aliás frequentemente notadas. Balzac escrevia em *Louis Lambert*. "Há certos livros de Jacob Boehm, de Swedenborg ou de Mme Guyon cuja leitura penetrante faz surgir fantasias tão multiformes quanto o podem ser os sonhos produzidos pelo ópio" (p. 381). Tem-se, por outro lado, comparado muitas vezes o mundo do esquizofrênico e o da criança bem pequena. Enfim, não é por acaso que o místico Swedenborg era esquizofrênico nem que o emprego de certas drogas poderosas pode conduzir a estados psicóticos.

Seria tentador, a esta altura, comparar nossa segunda rede, os temas do *tu*, a outra categoria das doenças mentais: as neuroses. Aproximação superficial, que poderia se fundamentar no fato de que o papel decisivo atribuído à sexualidade e às suas variações na segunda rede parece de fato se encontrar nas neuroses: as perversões, como depois de Freud tem sido tantas vezes afirmado, são o "negativo" exato das neuroses. Estamos conscientes das simplificações sofridas, aqui como anteriormente, pelos conceitos tomados de empréstimo. Se nos permitimos estabelecer passagens cômodas entre psicose e esquizofrenia, entre neuroses e perversões, é porque cremos situar-nos num nível de generalidade suficientemente elevado: nossas afirmações sabem-se aproximativas.

A comparação torna-se muito mais significativa a partir do momento que, para fundamentar esta tipologia, se apela para a Psicanálise. Freud abordou o problema pouco depois de sua segunda formulação da estrutura da psique; eis como: "A neurose é o resultado *[Erfolg]* de um conflito entre o ego e seu id, enquanto que a psicose é o resultado análogo de uma perturbação semelhante da relação entre o ego e o mundo exterior" (G. W., XIII, p. 391).

E, para ilustrar esta oposição, Freud cita um exemplo. "Uma moça que estava apaixonada pelo cunhado e cuja irmã estava para morrer ficava horrorizada ao pensar 'Agora ele está livre e podemos nos casar!' O esquecimento instantâneo deste pensamento permitiu a movimentação do processo de recalque que levou a sofrimentos histéricos. Entretanto, é interessante ver precisamente em semelhante caso a maneira como a neurose tende a resolver o conflito. Ela explica a mudança da realidade recalcando a satisfação do impulso, no caso o amor pelo cunhado. Uma reação psicótica teria negado o fato de que a irmã está para morrer" (G. W., XIII, p. 410).

Estamos aí muito perto de nossa própria divisão. Vimos que os temas do *eu* baseavam-se numa ruptura do limite entre psíquico e físico: pensar que alguém não está morto, por um lado querê-lo e, por outro, perceber este mesmo fato na realidade são duas fases de um mesmo movimento, e a passagem se estabelece entre elas sem nenhuma dificuldade. No outro registro, as consequências histéricas da repressão do amor pelo cunhado assemelham-se àqueles atos "excessivos" ligados ao desejo sexual, que encontramos quando fazíamos o inventário dos temas do *tu*.

Mais: falamos já, a propósito dos temas do *eu*, sobre o papel essencial da percepção, da relação com o mundo exterior; e eis que a encontramos de novo na base das psicoses. Vimos igualmente que não se podiam conceber os temas do *tu* sem levar em conta o inconsciente e os impulsos cujo recalque cria a neurose. Estamos pois no direito de dizer que, no plano da teoria psicanalítica, a rede dos temas do *eu* corresponde ao sistema percepção-consciência; a dos temas do *tu*, ao dos instintos inconscientes. É preciso notar aqui que a relação com outrem, ao nível em que concerne à literatura fantástica, encontra-se deste último lado. Notando esta analogia, não queremos dizer que neuroses e psicoses se encontrem na literatura fantástica, ou inversamente, que todos os temas da literatura fantástica sejam passíveis de localização nos manuais de psicopatologia.

Mas eis um novo perigo. Todas estas referências poderiam fazer crer que estamos decididamente próximos da chamada crítica psicanalítica. Para melhor situar e diferenciar esta nossa posição, deter-nos-emos um instante nesta abordagem crítica. Dois exemplos parecem aqui particularmente apropriados: as páginas que o próprio Freud dedicou ao estranho, e o livro de Penzoldt sobre o sobrenatural.

No estudo de Freud só podemos constatar o caráter duplo da investigação psicanalítica. Dir-se-ia que a Psicanálise é a um só tempo uma ciência das estruturas e uma técnica de interpretação. No primeiro caso, descreve um mecanismo, aquele, digamos, da atividade psíquica; no segundo, revela o sentido último das configurações assim descritas. Ela responde simultaneamente às perguntas "como" e "o que".

Vejamos uma ilustração desta segunda atitude, em que a atividade do analista pode ser definida como uma decifração. "Quando alguém sonha com uma localidade ou com uma paisagem e pensa em sonho: 'Conheço isto, já estive aqui', a interpretação está autorizada a substituir este lugar pelos órgãos genitais ou pelo corpo materno" (E. P. A., p. 200). A imagem onírica aqui descrita é tomada isoladamente, independentemente do mecanismo de que faz parte; ao contrário, revelam-nos seu sentido; este é qualitativamente diferente das imagens em si mesmas; o número desses sentidos últimos é restrito e imutável. Ou ainda: "Muitas pessoas atribuiriam a coroa da inquietante estranheza

[*Unheimliche*] à ideia de serem enterradas vivas em estado de letargia. A Psicanálise, no entanto, nos ensinou: este fantasma assustador é apenas a transformação de um outro que não tinha originalmente nada de assustador mas era, ao contrário, acompanhado de uma certa volúpia, a saber, o fantasma da vida no corpo materno" (E. P. A., pp. 198-199). Estamos aqui de novo diante de uma tradução: tal imagem fantasmática tem tal conteúdo.

Existe entretanto uma outra atitude em que o psicanalista tende não mais a revelar o sentido último de uma imagem mas a ligar entre si duas imagens. Analisando "O Homem de areia" de Hoffmann, Freud escreve: "Esta boneca autômata [Olímpia] não pode ser outra coisa senão a materialização da atitude feminina de Nathanael para com seu pai na primeira infância" (E. P. A., p. 183). A equação que Freud estabelece não liga mais somente uma imagem e um sentido (se bem que o faça ainda), mas dois elementos textuais: a boneca Olímpia e a infância de Nathanael, ambas presentes na novela de Hoffmann. Por isto mesmo, a observação de Freud nos esclarece menos sobre a interpretação a dar à língua das imagens, do que sobre o mecanismo desta língua, seu funcionamento interno. No primeiro caso, podíamos comparar a atividade do psicanalista à de um tradutor; no segundo, ela se assemelha à do linguista. Numerosos exemplos destes dois tipos poderiam ser encontrados na *Interpretação dos sonhos*.

Destas duas direções possíveis da investigação, reteremos apenas uma. A atitude do *tradutor* é, já o dissemos bastante, incompatível com nossa posição diante da literatura. Não acreditamos que esta queira dizer outra coisa senão ela mesma e, portanto, que seja necessária uma tradução. O que nos esforçamos por fazer, ao contrário, é descrever o *funcionamento* do mecanismo literário (ainda que não haja limite intransponível entre tradução e descrição ...). É neste sentido que a experiência da Psicanálise pode nos ser útil (a Psicanálise é aqui tão-só um ramo da Semiótica). Nossa referência à estrutura da psique depende deste tipo de empréstimo; e o procedimento teórico de um René Girard pode ser considerado aqui como exemplar.

Quando os psicanalistas se interessaram pelas obras literárias, não se contentaram com descrevê-las, em qualquer nível que fosse. A começar por Freud, tiveram sempre a tendência a considerar a literatura como um caminho entre outros para penetrar na psique do autor. A literatura acha-se então reduzida à categoria de simples sintoma, e o autor constitui o verdadeiro objeto a estudar. Assim, depois de ter descrito a organização de "O Homem de areia", Freud indica, sem transição, o que pode justificá-lo no autor: "E. T. A. Hoffmann era filho de um casamento infeliz. Quando tinha três anos, o pai se separou de sua pequena família e nunca mais voltou para junto dela", (p. 184) etc. Esta atitude, muitas vezes criticada depois, não está mais em voga hoje; é necessário no entanto precisar as razões da recusa que lhe opomos.

Não basta dizer, com efeito, que nos interessamos pela literatura e por ela exclusivamente, e que, em consequência, recusamos qualquer informação sobre a vida do auto/. A literatura é sempre mais do que a literatura, e há certamente casos em que a biografia do escritor acha-se em relação pertinente com sua obra. Apenas, para ser utilizável, seria preciso que esta relação fosse dada como um dos traços da própria obra. Hoffmann, que foi uma criança infeliz, descreve os medos da infância; mas para que esta constatação tenha um valor explicativo, seria preciso provar não só que todos os escritores infelizes em sua infância agem da mesma maneira, mas também que todas as descrições de medos infantis vêm de escritores cuja infância foi infeliz. Na falta de estabelecer a existência de uma ou de outra relação, constatar que Hoffmann era infeliz quando criança nada mais é do que indicar uma coincidência sem valor explicativo.

De tudo isto, é preciso concluir que os estudos literários tirarão mais proveito dos textos psicanalíticos quando se referem às estruturas da matéria humana em geral, do que quando tratam da literatura. Como acontece frequentemente, a aplicação excessivamente direta de um método num outro domínio que não o seu só faz reiterar os pressupostos iniciais.

Lembrando as categorias temáticas propostas em diversos ensaios sobre a literatura fantástica, deixamos de lado a de P. Penzoldt, como qualitativamente diferente das outras. Com efeito, enquanto a maior parte dos autores classificavam os temas em rubricas como: vampiro, diabo, feiticeiras etc., Penzoldt sugere agrupá-los em função de sua origem psicológica. Esta origem teria um duplo lugar: o inconsciente coletivo e o inconsciente individual. No primeiro caso, os elementos temáticos se perdem na noite dos tempos; pertencem à humanidade toda sendo o poeta apenas mais sensível a eles do que outros e é com isto que consegue exteriorizá-los. No segundo caso, trata-se de experiências pessoais e traumatizantes: um escritor neurótico projetará seus sintomas em sua obra. É o que acontece em particular com um dos subgêneros distinguidos por Penzoldt e a que chama de o "puro conto de horror". Para os autores a este ligados, "a novela fantástica nada mais é que uma manifestação de tendências neuróticas desagradáveis" (p. 146). Mas estas tendências nem sempre se manifestam claramente fora da obra. Assim com relação a Arthur Machen, cujos escritos neuróticos poderiam se explicar pela educação puritana que tinha recebido: "Felizmente, em sua vida Machen não era um puritano. Robert Hillyer, que o conhecia bem, conta-nos que ele gostava de bom vinho, de boa companhia, de boas brincadeiras e que vivia uma vida conjugal perfeitamente normal" (p. 156); "é descrito como um amigo e um pai delicado" (p. 164) etc.

Já dissemos por que é impossível admitir uma tipologia fundamentada na biografia dos autores. Penzoldt fornece-nos aliás aqui um contraexemplo. Mal nos havia dito que a educação de Machen explica sua obra, vê-se obrigado a acrescentar: "Felizmente, o homem Machen vivia uma vida de homem normal, enquanto uma parte de sua obra tornou-se a expressão de uma terrível neurose" (p. 164).

Nossa recusa tem ainda um outro motivo. Para que uma distinção seja válida em literatura é preciso que seja fundamentada em critérios literários e não na existência de escolas psicológicas a cada uma das quais se desejaria reservar um campo (trata-se em Penzoldt de um esforço para conciliar Freud e Jung). A distinção entre inconsciente coletivo e individual, quer seja ou não válida em Psicologia, não tem *a priori* nenhuma pertinência literária: os elementos do "inconsciente coletivo" misturam-se livremente aos do "inconsciente individual", seguindo-se as análises do próprio Penzoldt.

Podemos voltar agora à oposição de nossas duas redes temáticas.

Não se esgotaram, evidentemente, nenhum dos dois paradigmas cuja via nos foi aberta pela distribuição dos temas fantásticos. É possível, por exemplo, encontrar uma analogia entre certas estruturas sociais (ou mesmo certos regimes políticos) e as duas redes de temas. Ou ainda: a oposição de Mauss entre religião e magia é muito próxima daquela que estabelecemos entre temas do *eu* e temas do *tu*. "Enquanto a religião tende para a metafísica e se absorve na criação de imagens ideais, a magia sai, por mil fissuras, da vida mística de onde extrai suas forças para misturar-se à vida leiga e aí servir. Ela tende ao concreto como a religião tende ao abstrato" (p. 134). Uma prova entre muitas: o recolhimento místico é averbal, enquanto que a magia não pode passar sem as palavras. "É duvidoso que tenha havido verdadeiros ritos mudos, enquanto que é certo que um número muito grande de ritos foi exclusivamente oral" (p. 47).

Compreendem-se melhor agora estes outros dois termos que tínhamos introduzido ao falar de temas do *olhar* e de temas do *discurso* (com a condição de se manejar estas palavras com prudência). Ainda uma vez aliás, a literatura fantástica fez sua própria teoria: em Hoffmann, por exemplo, encontra-se uma clara consciência da oposição. Ele escreve: "O que são as palavras? Nada mais do que palavras! Seu olhar celeste fala mais do que todas as linguagens" (t. I, p. 352); ou em outro lugar: "Vocês viram o belo espetáculo que se poderia chamar de o primeiro espetáculo do mundo, já que exprime tantos sentimentos profundos sem recorrer à palavra" (III, p. 39). Hoffmann, autor cujos contos exploram os temas do *eu*, não esconde a preferência pelo olhar, frente ao discurso. É preciso acrescentar aqui que, num outro sentido, as duas redes temáticas podem ser consideradas como igualmente ligadas à linguagem. Os "temas do olhar" assentam numa ruptura da fronteira entre psíquico e físico; mas se poderia reformular esta observação do ponto de vista da linguagem. Os temas do *eu* cobrem aqui, como vimos, a possibilidade de romper o limite entre sentido próprio e sentido figurado; os temas do *tu* formam-se a partir da relação que se estabelece entre dois interlocutores no discurso.

A série poderia ser continuada indefinidamente, sem que seja jamais legítimo dizer a respeito de um dos pares de termos opostos que é mais "autêntico" ou mais "essencial" do que o outro. A psicose e a neurose não são a explicação dos temas da literatura fantástica, tanto quanto não o é a oposição entre infância e idade adulta. Não existem dois tipos de unidades de natureza diferente, umas significantes, outras significadas, formando as segundas o resíduo estável das primeiras. Estabelecemos uma cadeia de correspondências e de relações que poderia apresentar igualmente os temas do fantástico como ponto de partida ("a explicar") e como ponto de chegada ("explicação"); e o mesmo sucede com todas as outras oposições.

Faltaria precisar o lugar da tipologia dos temas fantásticos que acabamos de esboçar, com relação a uma tipologia geral dos temas literários. Sem entrar em detalhes (deveríamos mostrar que esta questão só se justifica se dermos uma acepção bem definida a cada um dos termos que a compõem), podemos retomar aqui a hipótese colocada no início desta discussão. Digamos que nossa divisão temática corta em dois toda a literatura; mas que se manifesta de uma maneira particularmente clara na literatura fantástica, onde atinge seu grau superlativo. A literatura fantástica é como um terreno estreito mas privilegiado a partir do qual se podem levantar hipóteses concernentes à literatura em geral. O que, evidentemente, cabe verificar.

Não há quase necessidade de explicar os nomes que demos a estas duas redes temáticas. O *eu* significa o relativo isolamento do homem em sua relação com o mundo que constrói, enfatizando-se este confronto sem que um intermediário tenha que ser nomeado. O *tu*, ao contrário, remete precisamente a este intermediário, e é esta relação terça que se encontra na base da rede. Esta oposição é assimétrica: o *eu* está presente no *tu*, mas não o inverso. Como escreve Martin Buber: "Não há *Eu* em si, só há o *Eu* da palavra-princípio *Eu-Tu* e o *Eu* da palavra-princípio *Eu-Isto*. Quando o homem diz *Eu*, quer dizer ou um ou outro, *Tu* ou *Isto*" (pp. 7-8).

E mais. O *eu* e o *tu* designam os dois participantes do ato do discurso: aquele que enuncia, e aquele a quem nos dirigimos. Se acentuamos estes dois interlocutores é porque cremos na importância primordial da situação de discurso, tanto para a literatura quanto fora dela. Uma teoria dos pronomes pessoais, estudados na perspectiva do processo de enunciação, poderia explicar muitas propriedades importantes de toda a estrutura verbal. É um trabalho a fazer.

Formulamos, no início deste estudo de temas, duas exigências principais quanto às categorias a serem descobertas: estas deveriam ser ao mesmo tempo abstratas e literárias. As categorias do *eu* e do *tu* têm este duplo caráter: possuem um grau elevado de abstração, e são ainda interiores à linguagem. É verdade que as categorias da linguagem não são forçosamente categorias literárias; mas com isso tocamos no paradoxo com que se deve defrontar qualquer reflexão sobre a literatura: uma fórmula verbal concernente à literatura trai sempre a natureza desta, pelo fato de que a literatura é ela-própria paradoxal, constituída por palavras porém significando mais do que palavras, verbal e transverbal ao mesmo tempo.

10. LITERATURA E FANTÁSTICO

Mudança de perspectiva: as funções da literatura fantástica. – Função social do sobrenatural. – As censuras. – Literatura fantástica e Psicanálise. – Função literária do sobrenatural. – A narrativa elementar. – A ruptura do equilíbrio. – Sentido geral do fantástico. – A literatura e a categoria do real. – A narrativa fantástica no século XX: "A Metamorfose". – A adaptação. – Exemplos semelhantes na science-fiction. – Sartre e o fantástico moderno. – Quando a exceção se torna regra. – Último paradoxo com respeito à literatura.

Nosso percurso do gênero fantástico está terminado. Demos inicialmente uma definição do gênero: o fantástico se fundamenta essencialmente numa hesitação do leitor – um leitor que se identifica com a personagem principal – quanto à natureza de um acontecimento estranho. Esta hesitação pode se resolver seja porque se admite que o acontecimento pertence à realidade; seja porque se decide que é fruto

165

da imaginação ou resultado de uma ilusão; em outros termos, pode-se decidir se o acontecimento é ou não é. Por outro lado, o fantástico exige um certo tipo de leitura: sem o que, arriscamo-nos a resvalar ou para a alegoria ou para a poesia. Enfim, passamos em revista outras propriedades da obra fantástica que, sem serem obrigatórias, aparecem com uma frequência suficientemente significativa. Estas propriedades se deixaram dividir segundo os três aspectos da obra literária: verbal, sintático, e semântico (ou temático). Sem estudar pormenorizadamente uma obra particular, tentamos antes elaborar um quadro geral em que se poderiam inscrever precisamente tais estudos concretos; o termo "introdução" que aparece no título deste ensaio não é uma cláusula de modéstia.

Nossa pesquisa está colocada, até o presente momento, no interior do gênero. Quisemos fazer a respeito um estudo "imanente", distinguir as categorias de sua descrição, baseando-nos unicamente em necessidades internas. É preciso agora, em conclusão, mudar de perspectiva. Uma vez constituído o gênero, podemos considerá-lo do exterior, do ponto de vista da literatura em geral ou mesmo da vida social; e recolocar nossa pergunta inicial, dando-lhe porém uma outra forma: não mais "o que é o fantástico?" mas "por que o fantástico?" A primeira indagação tinha relação com a *estrutura* do gênero; esta visa às suas *funções*.

Esta questão da função subdivide-se aliás imediatamente e desemboca em muitos problemas particulares. Pode referir-se ao *fantástico*, isto é: a uma certa reação diante do sobrenatural; mas também, ao próprio sobrenatural. Neste último caso, dever-se-á ainda distinguir entre uma *função literária* e uma *função social* do sobrenatural. Comecemos por esta última.

Encontra-se numa observação de Peter Penzoldt o esboço de uma resposta. "Para muitos autores, o sobrenatural não era senão um pretexto para descrever coisas que não teriam nunca ousado mencionar em termos realistas" (p. 146). Podemos duvidar de que os acontecimentos sobrenaturais não passem de pretextos, mas há certamente uma parte de verdade nesta afirmação: o fantástico permite franquear certos limites inacessíveis quando a ele não se recorre. Retomando os elementos sobrenaturais, tais quais se enumeraram anteriormente, ver-se-á o fundamento desta observação. Tomemos por exemplo os temas do *tu*: o incesto, o homossexualismo, o amor a vários, a necrofilia, uma sensualidade excessiva... Tem-se a impressão de ler uma lista de temas proibidos, estabelecida por alguma censura: cada um destes temas foi, de fato, muitas vezes, proibido, e pode sê-lo ainda hoje. A cor fantástica aliás nem sempre salvou as obras da severidade dos censores; "O Monge", por exemplo, foi proibido por ocasião de sua reedição.

Ao lado da censura institucionalizada, existe uma outra, mais sutil e mais geral: a que reina na própria psique dos autores. A condenação de certos atos pela sociedade provoca uma condenação que se exerce dentro do próprio indivíduo, constituindo-se para ele em proibição de abordar certos temas tabus. Mais do que um simples pretexto, o fantástico é um meio de combate contra uma e outra censura: os desmandos sexuais serão melhor aceitos por qualquer espécie de censura se forem inscritos por conta do diabo.

Se a rede dos temas do *tu* depende diretamente dos tabus, logo da censura, o mesmo acontece com os temas do *eu*, se bem que de maneira menos direta. Não é por acaso que este grupo remete à loucura. O pensamento do psicótico é condenado pela sociedade não menos severamente que o criminoso que transgride os tabus: o louco é, do mesmo modo que este último, trancafiado; sua prisão chama-se casa de saúde. Tampouco é casual o fato de a sociedade reprimir o emprego das drogas e trancar, uma vez mais, aqueles que dela fazem uso: as drogas suscitam um modo do pensamento julgado culpado.

Pode-se pois esquematizar a condenação que alcança as duas redes de temas e dizer que a introdução de elementos sobrenaturais é um recurso para evitar esta condenação. Compreende-se melhor agora por que nossa tipologia dos temas coincidia com a das doenças mentais: a função do sobrenatural é subtrair o texto à ação da lei e com isto mesmo transgredi-la.

Há uma diferença qualitativa entre as possibilidades pessoais que tinha um autor do século XIX, e as de um autor contemporâneo. Lembramos os rodeios a que tinha que recorrer Gautier para nos descrever a necrofilia de sua personagem, todo o jogo ambíguo do vampirismo. Releiamos, para marcar a distância, uma página tomada de "Le Bleu du ciel" de Georges Bataille, que trata da mesma perversão. Quando lhe pedem para se explicar, o narrador responde: "A única coisa que já me sucedeu: uma noite que passei no apartamento de uma mulher de idade que tinha acabado de morrer: ela estava em seu leito, como qualquer outra, entre dois círios, os braços dispostos ao longo do corpo, mas não com as mãos juntas. Não havia ninguém no quarto durante a noite. Neste momento, tomei consciência. – Como? – Acordei por volta das três horas da manhã. Tive a ideia de ir ao quarto onde estava o cadáver. Estava aterrorizado, porém, por mais que tremesse, permaneci diante do cadáver. No fim, tirei o pijama. – Até onde você foi? – Não me mexi, estava perturbado a ponto de perder a cabeça; aconteceu de longe, simplesmente olhando. – Era uma mulher ainda bela? – Não, completamente acabada" (pp. 49-50).

Por que Bataille pode se permitir descrever diretamente um desejo que Gautier só ousa evocar indiretamente? Pode-se propor a seguinte resposta: no intervalo que separa a publicação dos dois livros produziu-se um acontecimento cuja consequência mais conhecida é o aparecimento da Psicanálise. Começa a ser esquecida atualmente a resistência contra a qual se chocou a Psicanálise em seus primórdios, não apenas por parte dos eruditos, que nela não acreditavam, mas também e principalmente por parte da sociedade. Produziu-se na psique humana uma mudança, da qual a Psicanálise é um sinal; esta mesma mudança provocou o levantamento daquela censura social que proibia abordar certos temas e que não teria certamente autorizado a publicação de "Bleu du ciei" no século XIX (mas, evidentemente, este livro também não poderia ter sido escrito então. É verdade que Sade viveu no século XVIII; mas, por um lado, o que é possível no século XVIII não o é forçosamente no século XIX; por outro lado, a secura e a simplicidade na descrição de Bataille implicam uma atitude do narrador que seria inconcebível anteriormente). O que não quer dizer que o advento da Psicanálise tenha destruído os tabus: eles simplesmente se deslocaram.

Vamos mais longe: a Psicanálise substituiu (e por isso mesmo tornou inútil) a literatura fantástica. Não se tem necessidade hoje de recorrer ao diabo para falar de um desejo sexual excessivo, nem aos vampiros para designar a atração exercida pelos cadáveres: a Psicanálise, e a literatura que, direta ou indiretamente, nela se inspira, tratam disto tudo em termos indisfarçados. Os temas da literatura fantástica se tornaram, literalmente, os mesmos das investigações psicológicas dos últimos cinquenta anos. Dispomos de várias ilustrações a respeito; bastará mencionar aqui que o duplo, por exemplo, já tinha sido no tempo de Freud, o tema de um estudo clássico (*Der Doppelgänger*, de Otto Rank; traduzido em francês sob o título: *Don Juan. Une étude sur le double*); o tema do diabo constituiu-se em objeto de numerosas pesquisas (*Der eigene und der fremde Gott*, de Th. Reik; *Der Alptraum in seiner Beziehung zu gewissen Formen des mittelalterlichen Aberglaubens*, de Ernest Jones) etc. O próprio Freud estudou um caso de neurose demoníaca no século XVIII e declara, depois de Charcot: "Não nos surpreendamos se as neuroses desses tempos distantes se apresentam sob roupagem demonológica" (E. P. A., p. 213). Eis um outro exemplo, porém menos evidente, da proximidade entre os temas da literatura fantástica e os da Psicanálise. Observamos, na rede *do eu, o* que chamamos de a ação do pandeterminismo. É uma causalidade generalizada que não admite a existência do acaso e estabelece que existem sempre entre todos os fatos relações diretas, mesmo quando estas geralmente nos escapem. Ora, a Psicanálise reconhece precisamente este mesmo determinismo sem falhas, pelo menos no campo da atividade psíquica do homem. "Na vida psíquica, não há nada de arbitrário, de indeterminado", escreve Freud na *Psychopathologie de la vie quotidienne* (p. 260). Daí o domínio das superstições, que nada mais são do que uma crença no pandeterminismo, fazer parte das preocupações do psicanalista. Freud indica em seu comentário o deslocamento que a Psicanálise pode introduzir neste domínio. "Aquele romano que renunciava a um importante projeto porque acabava de constatar um voo de pássaro desfavorável, tinha pois relativamente razão; agia em conformidade às suas premissas. Mas quando renunciava a seu projeto porque tinha dado um passo em falso na soleira de sua porta, mostrava-se superior a nós, incrédulos, revelava-se melhor psicólogo do que o somos. É que este passo em falso era para ele a prova da existência de uma dúvida, de uma oposição interior àquele projeto, dúvida e oposição cuja força poderia aniquilar a de sua intenção no momento da execução do projeto" (p. 227). O psicanalista tem aí uma atitude análoga à do narrador de um conto fantástico afirmando que existe uma relação causai entre fatos aparentemente independentes.

Mais de uma razão justifica, portanto, a observação irônica de Freud: "A Idade Média, com muita lógica, e quase que corretamente do ponto de vista psicológico, tinha atribuído à influência de demônios todas estas manifestações mórbidas. Também não ficarei espantado de tomar conhecimento de que a Psicanálise, que se ocupa em descobrir estas forças secretas, tenha-se tornado, ela própria, com isto, estranhamente inquietante aos olhos de muita gente" (E. P. A., p. 198).

Depois deste exame da função social do sobrenatural, voltemos à literatura e observemos desta vez as funções do sobrenatural no próprio interior da obra. Já respondemos uma vez a esta pergunta: à parte as alegorias, em que o elemento sobrenatural visa quando muito a ilustrar uma ideia, tínhamos distinguido três funções. Uma função pragmática: o sobrenatural emociona, assusta, ou simplesmente mantém em suspense o leitor. Uma função semântica: o sobrenatural constitui sua própria manifestação, é uma autodesignação. Enfim, uma função sintática: ele entra, dissemos, no desenvolvimento da narrativa. Esta terceira função está ligada, mais diretamente do que as duas outras, à totalidade da obra literária; é tempo agora de explicitá-lo.

Existe uma coincidência curiosa entre os autores que cultivam o sobrenatural e aqueles que, na obra, prendem-se particularmente ao desenvolvimento da *ação*, ou, se quisermos, que procuram em primeiro lugar contar histórias. O conto de fadas nos dá a forma primeira, e também a mais estável da narrativa: ora, é neste conto que se encontram em primeiro lugar acontecimentos sobrenaturais. A *Odisseia*, o *Decameron*, *Dom Quixote* possuem todos, em diferentes graus, é verdade, elementos maravilhosos; são ao mesmo tempo as maiores narrativas do passado. Na época moderna, não sucede de modo diferente: são os *narradores*, Balzac, Mérimée, Hugo, Flaubert, Maupassant, que escrevem contos fantásticos. Não se pode afirmar que haja nisto uma relação de implicação; existem autores de histórias cujas narrativas não apelam para o sobrenatural; mas a coincidência mantém-se por demais frequente para ser gratuita. H. P. Lovecraft tinha assinalado o fato: "Como a maior parte dos autores do fantástico, escreve ele, Poe fica muito mais à vontade no incidente e nos efeitos narrativos mais amplos, do que no esboço das personagens" (p. 59).

Para tentar explicar esta coincidência, é preciso interrogar-se por um momento sobre a própria natureza da narrativa. Começaremos por construir uma imagem da narrativa mínima, não daquela que se encontra habitualmente nos textos contemporâneos, mas daquele núcleo sem o qual não se pode dizer que haja narrativa. A imagem será a seguinte: *toda narrativa é o movimento entre dois equilíbrios semelhantes mas não idênticos*. No início da narrativa, há sempre uma situação estável, as personagens formam uma configuração que pode ser móvel mas que mantém no entanto intactos um certo número de traços fundamentais. Digamos, por exemplo, que uma criança vive no seio da família; ela participa de uma micro sociedade que tem suas próprias leis. A seguir, sobrevém alguma coisa que rompe esta calma, que introduz um desequilíbrio (ou, se quisermos, um equilíbrio negativo); assim a criança deixa, por uma ou outra razão, sua casa. No fim da história, depois de ter vencido numerosos obstáculos, a criança que cresceu, volta a reintegrar a casa paterna. O equilíbrio é então reestabelecido mas não é mais o do início: a criança não é mais uma criança, tornou-se um adulto entre outros. A narrativa elementar comporta pois dois tipos de episódios: os que descrevem um estado de equilíbrio ou desequilíbrio, e os que descrevem a passagem de um ao outro. Os primeiros se opõem aos segundos como o estático ao dinâmico, como a estabilidade à modificação, como o adjetivo ao verbo. Toda narrativa comporta este esquema fundamental, ainda que seja muitas vezes difícil reconhecê-lo: pode-se suprimir o início ou o fim, aí intercalar digressões, outras narrativas completas etc.

Procuremos agora colocar os acontecimentos sobrenaturais neste esquema. Tomemos por exemplo a "História dos amores de Camaralzaman", nas *Mil e uma noites*. Este Camaralzaman é o filho do rei da Pérsia; ele é o mais inteligente e o mais belo jovem não apenas do reino mas até mesmo além das fronteiras. Um dia, seu pai decide casá-lo; mas o jovem príncipe descobre em si de repente uma aversão intransponível pelas mulheres e recusa-se categoricamente a obedecer. Para puni-lo, o pai encerra-o numa torre. Eis uma situação (de desequilíbrio) que poderia muito bem durar dez anos. É neste momento que o elemento sobrenatural intervém. A fada Maimune descobre um dia, em suas peregrinações, o belo jovem e com ele se encanta; encontra a seguir um gênio, Danhasch, que conhece, por sua vez, a filha do rei da China, que é evidentemente a mais bela prin-

172

cesa do mundo e que se recusa obstinadamente a se casar. Para comparar a beleza dos dois heróis, a fada e o gênio transportam a princesa adormecida para o leito do príncipe adormecido; depois os acordam e os observam. Segue-se toda uma série de aventuras ao longo das quais o príncipe e a princesa vão procurar se reunir, depois daquele fugidio encontro noturno; no fim, eles se reunirão e formarão uma família por sua vez.

Temos aqui um equilíbrio inicial e um equilíbrio final perfeitamente realistas. O acontecimento sobrenatural intervém para romper o desequilíbrio mediano e provocar a longa busca do segundo equilíbrio. O sobrenatural aparece na série de episódios que descrevem a passagem de um estado ao outro. Com efeito, o que é que poderia melhor perturbar a situação estável do início, que os esforços de todos os participantes tendem a consolidar, senão precisamente um acontecimento exterior, não apenas à situação, mas ao próprio mundo?

Uma lei fixa, uma regra estabelecida: eis o que imobiliza a narrativa. Para que a transgressão da lei provoque uma modificação rápida, é cômodo que intervenham forças sobrenaturais; caso contrário, a narrativa corre o risco de arrastar-se, esperando que um justiceiro humano se aperceba da ruptura no equilíbrio inicial.

Lembremo-nos ainda da "História do segundo calândar": este se encontra no quarto subterrâneo da princesa; pode ficar aí enquanto quiser, gozando de sua companhia e das iguarias que ela lhe serve. Mas com isto a narrativa morreria. Felizmente existe uma interdição, uma regra: não tocar no talismã do gênio. E evidentemente o que fará logo nosso herói; e a situação tanto mais rapidamente será modificada quanto o justiceiro é dotado de uma força sobrenatural: "O talismã mal tinha sido rompido quando o castelo estremeu, prestes a desabar..." (t. I, p. 153). Ou leiamos a "História do terceiro calândar": a lei aqui é não pronunciar o nome de Deus; violando-a, o herói provoca a intervenção do sobrenatural: seu nauta – "o homem de bronze" – cai na água. Mais tarde: a lei é não entrar num quarto; transgredindo-a, o herói acha-se diante de um cavalo que o arrebata para o céu... A intriga com isto recebe um impulso formidável.

Cada ruptura da situação estável é seguida, nestes exemplos, de uma intervenção sobrenatural. O elemento maravilhoso revela-se como o material narrativo que melhor preenche esta função precisa: trazer uma modificação à situação precedente, e romper o equilíbrio (ou o desequilíbrio) estabelecido.

Cabe dizer que esta modificação pode se produzir por outros meios; mas estes são menos eficazes.

Se o sobrenatural se liga habitualmente à própria narrativa de uma ação, é raro que apareça num romance que só se prenda às descrições ou às análises psicológicas (o exemplo de Henry James não é aqui contraditório). A relação do sobrenatural com a narração torna-se a partir daí clara: todo texto em que entra é uma narrativa, pois o acontecimento sobrenatural modifica primeiro um equilíbrio prévio, segundo a própria definição da narrativa; mas nem toda narrativa comporta elementos sobrenaturais ainda que exista entre uma e outros uma afinidade na medida em que o sobrenatural realiza a modificação narrativa da maneira mais rápida.

Vê-se enfim em que coincidem a função social e a função literária do sobrenatural: trata-se nesta como naquela de uma transgressão da lei. Quer seja no interior da vida social ou da narrativa, a intervenção do elemento sobrenatural constitui sempre uma ruptura no sistema de regras preestabelecidas e nela encontra justificação.

Podemos finalmente nos interrogar sobre a *função do fantástico em si mesmo*: isto é, não mais sobre a do acontecimento sobrenatural mas sobre a da reação que suscita. Esta questão parece tanto mais interessante se considerarmos que, enquanto o sobrenatural e o gênero que o toma ao pé da letra, o maravilhoso, existem desde sempre em literatura e continuam a ser praticados hoje, o fantástico teve uma vida relativamente breve. Ele apareceu de uma maneira sistemática por volta do fim do século XVIII, com Cazotte; um século mais tarde, encontram-se nas novelas de Maupassant os últimos exemplos esteticamente satisfatórios do gênero. Podem-se encontrar exemplos de hesitação fantástica em outras épocas, mas será excepcional que esta hesitação seja *tematizada* pelo próprio texto. Haverá uma razão para esta curta presença? Ou ainda: por que a literatura fantástica não existe mais?

Para tentar responder a estas perguntas, é preciso examinar mais de perto as categorias que nos permitiram descrever o fantástico. O leitor e o herói, como vimos, devem decidir se tal acontecimento, tal fenômeno pertence à realidade ou ao imaginário, se é ou não real. Foi, portanto, a categoria do real que forneceu a base para nossa definição do fantástico.

Mal tomamos consciência deste fato, temos que parar, espantados. Por sua própria definição, a literatura ultrapassa a distinção do real e do imaginário, daquilo que é e do que não é. Pode-se mesmo dizer que é, por um lado, graças à literatura e à arte, que esta distinção torna-se impossível de se sustentar. Os teóricos da literatura o disseram repetidas vezes. Assim Blanchot: "A arte é e não é, verdadeira demais para tornar-se o caminho, excessivamente irreal para mudar-se em obstáculo. A arte é um *como se*" (*La Part du feu*, p. 26). E Northrop Frye: "A literatura, como a matemática, enfia uma cunha na antítese do ser e do não-ser, que é tão importante para o pensamento discursivo. (...) Não se pode dizer de Hamlet e de Falstaff nem que existem nem que não existem" (*Anatomy*, p. 351).

De uma maneira mais geral ainda, a literatura contesta qualquer presença de dicotomia. É da própria natureza da linguagem cortar o dizível em pedaços descontínuos; o nome, ao escolher uma ou várias propriedades do conceito que o constitui, exclui todas as outras propriedades e coloca a antítese deste e de seu contrário. Ora, a literatura existe pelas palavras; mas sua vocação dialética é dizer mais do que diz a linguagem, ir além das divisões verbais. Ela é, no interior da linguagem, o que destrói a metafísica inerente a qualquer linguagem. A marca distintiva do discurso literário é ir mais além (senão não teria razão de ser); a literatura é como uma arma assassina pela qual a linguagem realiza seu suicídio.

Mas se é assim, esta variedade da literatura que se fundamenta em oposições de linguagem como esta do real e do irreal, não seria literatura?

As coisas são na verdade mais complexas: pela hesitação a que dá vida, a literatura fantástica coloca precisamente em questão a existência de uma oposição irredutível entre real e irreal. Mas para negar uma oposição, é preciso em primeiro lugar conhecer seus termos; para cumprir um sacrifício, é preciso saber o que sacrificar. Assim se explica a impressão ambígua que deixa a literatura fantástica: de um lado ela representa a quinta-essência da literatura, na medida em que o questionamento do limite entre real e irreal, característico de toda literatura, é seu centro explícito. Por outro lado, entretanto, não é senão uma propedêutica à literatura: combatendo a metafísica da linguagem cotidiana, ela lhe dá vida; ela deve partir da linguagem, mesmo que seja para recusá-la.

Se certos acontecimentos do universo de um livro dão-se explicitamente por imaginários, contestam com isso a natureza imaginária do resto do livro. Se tal aparição não é senão o fruto de uma imaginação superexcitada, é porque tudo o que a rodeia é real. Longe pois de ser um elogio do imaginário, a literatura fantástica coloca a maior parte de um texto como pertencendo ao real, ou mais exatamente, como provocado por ele, tal como um nome dado à coisa preexistente. A literatura fantástica deixa-nos entre as mãos duas noções, a da realidade e a da literatura, ambas insatisfatórias.

O século XIX vivia, é verdade, numa metafísica do real e do imaginário, e a literatura fantástica nada mais é do que a má consciência deste século XIX positivista. Mas hoje, não se pode mais acreditar numa realidade imutável, externa, nem em uma literatura que não fosse senão a transcrição desta realidade. As palavras ganharam uma autonomia que as coisas perderam. A literatura que sempre afirmou esta outra visão é sem dúvida um dos móveis da evolução. A literatura fantástica, ela mesma, que subverteu ao longo de todas as suas páginas, as categorizações linguísticas, recebeu com isto um golpe fatal; mas desta morte, deste suicídio nasceu uma nova literatura. Ora, não seria presunçoso demais afirmar que a literatura do século XX é, num certo sentido, mais "literatura" que qualquer outra. Isto não deve ser tomado evidentemente por um juízo de valor: é mesmo possível que, precisamente por este fato, sua qualidade se encontre diminuída.

Em que se transformou a narrativa do sobrenatural no século XX? Tomemos o texto mais célebre sem dúvida que se deixa incluir nesta categoria: "A Metamorfose" de Kafka. O acontecimento sobrenatural é trazido aqui em toda a primeira frase do texto: "Uma manhã, ao sair de um sonho agitado, Gregório Samsa acordou transformado em seu leito num verdadeiro inseto" (p. 7). Há, na sequência do texto, algumas breves indicações de uma possível hesitação. Gregório acredita de início que está sonhando; mas rapidamente se convence do contrário. Entretanto, não renuncia logo à procura de uma explicação racional: dizem-nos que "Gregório estava curioso de ver se dissipar pouco a pouco sua presente alucinação. Quanto à mudança de voz, era, segundo sua íntima convicção, o prelúdio de algum resfriado, a doença profissional dos viajantes" (p. 14).

Mas estas sucintas indicações de uma hesitação se afogam no movimento geral da narrativa, onde a coisa mais surpreendente é precisamente a ausência de surpresa diante deste acontecimento inaudito, exatamente como em "O Nariz" de Gógol ("nunca nos espantaremos o suficiente com esta falta de espanto", dizia Camus a propósito de Kafka). Pouco a pouco, Gregório aceita sua situação como inabitual mas, em suma, possível. Quando o gerente da casa em que trabalha vem procurá-lo, Gregório está tão irritado que se pergunta "se um dia não poderia acontecer alguma infelicidade do mesmo gênero a este homem; afinal de contas, nada o impedia" (p. 19). Começa a achar um certo conforto nesse novo estado que o libera de qualquer responsabilidade e faz com que se ocupem dele. "Se os assustava, dizia-se pensando em seus pais, era animador, pois deixava de ser responsável, e se os outros aceitavam a coisa, de que servia se amotinar?" (p. 25). Apodera-se então dele a resignação: acaba "por concluir que seu dever era provisoriamente manter-se quieto e tornar suportável aos seus, pela paciência e consideração, os desgostos que a situação lhes impunha contra sua vontade" (p. 42).

Todas estas frases parecem referir-se a um acontecimento perfeitamente possível, a uma fratura de tornozelo, por exemplo, e não à metamorfose de um homem em inseto. Gregório habitua-se pouco a pouco à ideia de sua animalidade: em primeiro lugar fisicamente, recusando o alimento dos homens e seus prazeres; mas também mentalmente: não pode mais confiar em seu próprio julgamento para decidir se uma tosse é ou não humana; quando suspeita que sua irmã quer lhe tirar uma imagem sobre a qual gosta de se deitar, fica prestes a "saltar sobre o rosto de sua irmã" (p. 65).

Não é mais surpreendente, a partir de então, ver Gregório resignar-se igualmente com o pensamento de sua própria morte, tão ansiada pela família. "Tornou a pensar em sua família com comovida ternura. Que deveria partir ele sabia, e sua opinião a este respeito era ainda mais firme, se é possível, do que a da própria irmã" (p. 99).

A reação da família segue um desenvolvimento análogo: há de início surpresa mas não hesitação; vem a hostilidade imediatamente declarada do pai. Na primeira cena, já "o pai impiedoso acuava o filho" (p. 36), e tornando a pensar nisto, Gregório confessa a si mesmo que "sabia desde o primeiro dia de sua metamorfose que o pai achava que a única atitude indicada em relação a ele era a máxima seve-

178

ridade" (p. 70). A mãe continua a amá-lo, mas é totalmente impotente para ajudá-lo. Quanto à irmã, no início a mais próxima dele, passa rapidamente à resignação, para chegar enfim a um ódio declarado. E ela resumirá assim os sentimentos de toda a família quando Gregório está prestes a morrer: "Temos que procurar nos desembaraçar disso. Fizemos tudo o que era humanamente possível para tratá-lo e suportá-lo; creio que ninguém poderá nos dirigir a menor censura" (p. 93). Se inicialmente a metamorfose de Gregório, que era a única fonte de renda para eles, tinha entristecido os seus, pouco a pouco chega a ter um efeito positivo: os outros três recomeçam a trabalhar, despertam para a vida. "Recostados, com ar despreocupado, em suas cadeiras, começaram a falar do futuro. Pensando bem, chegaram à conclusão de que, afinal de contas, as coisas não tinham sido tão más, pois – coisa que até então lhes passara despercebida – todos três tinham encontrado ocupações realmente interessantes, as quais poderiam ser, no futuro, ainda mais promissoras" (pp. 106-107). E o elemento marcante com o qual termina a novela é este "cúmulo do horror", como o chama Blanchot, o despertar da irmã para uma nova vida: para a volúpia.

Se abordarmos esta narrativa com as categorias anteriormente elaboradas, vemos que ela se distingue fortemente das histórias fantásticas tradicionais. Em primeiro lugar, o acontecimento estranho não aparece depois de uma série de indicações indiretas, como o ponto mais alto de uma gradação: ele está contido em toda a primeira frase. A narrativa fantástica partia de uma situação perfeitamente natural para alcançar o sobrenatural, "A Metamorfose" parte do acontecimento sobrenatural para dar-lhe, no curso da narrativa, uma aparência cada vez mais natural; e o final da história é o mais distante possível do sobrenatural. Qualquer hesitação torna-se de imediato inútil: ela servia para preparar a percepção do acontecimento inaudito, caracterizava a passagem do natural ao sobrenatural. Aqui é um movimento contrário que se acha descrito: o da *adaptação*, que se segue ao acontecimento inexplicável: e caracteriza a passagem do sobrenatural ao natural. Hesitação e adaptação designam dois processos simétricos e inversos.

Por outro lado, não se pode dizer que, pelo fato da ausência de hesitação, até mesmo de espanto, e da presença de elementos sobrenaturais, nos encontramos num outro gênero conhecido: o maravilhoso. O maravilhoso implica que estejamos mergulhados num mundo de leis totalmente diferentes das que existem no nosso; por este fato, os acontecimentos sobrenaturais que se produzem não são absolutamente inquietantes. Ao contrário, em "A Metamorfose", trata-se realmente de um acontecimento chocante, impossível; mas que acaba por se tornar paradoxalmente possível. Neste sentido, as narrativas de Kafka dependem ao mesmo tempo do maravilhoso e do estranho, são a coincidência de dois gêneros aparentemente incompatíveis. O sobrenatural se dá, e no entanto não deixa nunca de nos parecer inadmissível.

Somos, à primeira vista, tentados a atribuir um sentido alegórico a "A Metamorfose"; mas quando se tenta precisar este sentido chocamo-nos contra um fenômeno muito semelhante ao que se observou em "O Nariz" de Gógol (a semelhança das duas narrativas não para aí, como mostrou recentemente Victor Erlich). Pode-se certamente propor várias interpretações alegóricas do texto; este, porém, não oferece nenhuma indicação explícita que confirme esta ou aquela. Já se disse muitas vezes a propósito de Kafka: suas narrativas devem ser lidas antes de tudo como narrativas, no nível literal. O acontecimento descrito em "A Metamorfose" é tão real quanto qualquer outro acontecimento literário.

É preciso fazer observar aqui que os melhores textos de *science-fiction* se organizam de maneira análoga. Os dados iniciais são sobrenaturais: os robôs, os seres extraterrestres, o cenário interplanetário. O movimento da narrativa consiste em nos obrigar a ver quão próximos realmente estão de nós esses elementos aparentemente maravilhosos, até que ponto estão presentes em nossa vida.

Uma novela de Robert Scheckley começa pela operação extraordinária que consiste em enxertar um corpo de animal num cérebro humano; ao final nos mostra tudo o que o homem mais normal tem em comum com o animal ("Le Corps"). Uma outra começa pela descrição de uma incrível organização que nos liberta da existência de pessoas indesejáveis; quando a narrativa termina, damo-nos conta de que essa ideia é familiar a todo ser humano (*Service de débarras*). É o leitor que sofre aqui o *processas* de adaptação: colocado inicialmente diante de um fato sobrenatural, acaba por reconhecer sua "naturalidade".

O que significa essa estrutura de narrativa? No fantástico o acontecimento estranho ou sobrenatural era percebido sobre o fundo daquilo que é julgado normal e natural; a transgressão das leis da natureza fazem com que tomemos consciência disso ainda mais fortemente. Em Kafka, o acontecimento sobrenatural não provoca mais hesitação pois o mundo descrito é inteiramente bizarro, tão anormal quanto o próprio acontecimento a que serve de fundo. Reencontramos, portanto, (invertido) o problema da literatura fantástica – literatura que postula a existência do real, do natural, do normal, para poder em seguida atacá-lo violentamente – mas Kafka conseguiu superá-lo. Ele trata o irracional como se fizesse parte do jogo: seu mundo inteiro obedece a uma lógica onírica, se não de pesadelo, que nada mais tem a ver com o real. Mesmo que uma certa hesitação persista no leitor, nunca toca a personagem; e a identificação como anteriormente observada não é mais possível. A narrativa kafkiana abandona aquilo que tínhamos designado como a segunda condição do fantástico: a hesitação representada no interior do texto, e que caracteriza especialmente os exemplos do século XIX.

Sartre propôs, relativamente aos romances de Blanchot e de Kafka, uma teoria do fantástico muito próxima àquela que acabamos de expor. Ela se exprime em seu artigo "*Aminadab* ou du fantastique considere comme un langage", em *Situations I*. Segundo Sartre, Blanchot ou Kafka já não procuram pintar seres extraordinários; para eles, "não existe senão um objeto fantástico: o homem. Não o homem das religiões e do espiritualismo, engajado apenas pela metade no mundo, mas o homem-dado, o homem-natureza, o homem-sociedade, aquele que saúda respeitosamente um cortejo fúnebre à sua passagem, que se põe de joelhos nas igrejas, que marcha dentro do compasso atrás de uma bandeira" (p. 127). O homem "normal" é precisamente o ser fantástico; o fantástico torna-se a regra, não a exceção.

Esta metamorfose terá consequências sobre a técnica do gênero. Se anteriormente o herói com que se identifica o leitor era um ser perfeitamente normal (a fim de que a identificação seja fácil e possamos com ele nos surpreender diante da estranheza dos acontecimentos), aqui, é a própria personagem principal que se torna "fantástica"; assim quanto ao herói do *Castelo*: "sobre esse agrimensor, cujas aventuras e opiniões devemos compartilhar, nada conhecemos a não ser a obstinação ininteligível de permanecer numa cidade interditada" (p. 134). Daí resulta que o leitor, se se identifica com a personagem, exclui-se a si mesmo do real. "E nossa razão que deveria endireitar o mundo às avessas, levada por este pesadelo, torna-se ela própria fantástica" (p. 134).

Com Kafka, somos pois confrontados com um fantástico generalizado: o mundo inteiro do livro e próprio leitor nele são incluídos. Eis um exemplo particularmente claro deste novo fantástico improvisado por Sartre para ilustrar sua ideia: "Sento-me, peço um café com creme, o garçom me faz repetir três vezes o pedido e o repete para evitar qualquer risco de erro. Corre, transmite meu pedido a um segundo garçom, que o anota num caderninho e o transmite a um terceiro. Afinal um quarto garçom volta e diz: 'Pronto', colocando um tinteiro em minha mesa. 'Mas, digo eu, tinha pedido um café com creme'. 'Pois então, justamente', diz ele indo embora. Se o leitor puder pensar, lendo contos desta espécie, que se trata de uma farsa dos garçons ou de alguma psicose coletiva [o que Maupassant queria nos fazer crer em "Le Horla", por exemplo], perdemos a

182

partida. Mas se soubemos lhe dar a impressão de que lhe falamos de um mundo em que manifestações absurdas figuram a título de conduta normal, então ele se encontrará de uma só vez mergulhado no seio do fantástico" (pp. 128-129). Eis em resumo a diferença entre o conto fantástico clássico e as narrativas de Kafka: o que era uma exceção no primeiro mundo torna-se aqui uma regra.

Digamos para concluir que, por esta rara síntese do sobrenatural com a literatura enquanto tal, Kafka nos permite compreender melhor a própria literatura. Temos muitas vezes evocado o estatuto paradoxal desta: ela não vive senão naquilo que a linguagem cotidiana chama, por seu lado, de contradições. A literatura assume a antítese entre o verbal e o transverbal, entre o real e o irreal. A obra de Kafka permite-nos ir mais longe e ver como a literatura faz viver uma outra contradição em seu próprio cerne; é a partir de uma mediação sobre esta obra que ela se formula no ensaio de Maurice Blanchot "Kafka et la litterature". Uma visão corriqueira e simplista apresenta a literatura (e a linguagem) como uma imagem da "realidade", como um decalque daquilo que não é ela, como uma série paralela e análoga. Mas esta visão é duplamente falsa pois trai igualmente a natureza do enunciado e a da enunciação. As palavras não são etiquetas coladas a coisas que existem enquanto tais independentemente daquelas palavras. Quando se escreve, não fazemos senão isto; a importância deste gesto é tal, que não deixa lugar a nenhuma outra experiência. Ao mesmo tempo, se escrevo, escrevo sobre alguma coisa, mesmo que esta alguma coisa seja a escritura. Para que a escritura seja possível, deve partir da morte daquilo de que fala; mas esta morte torna-a a ela mesma impossível, pois não há mais o que escrever. A literatura só se torna possível na medida em que se torna impossível. Ou o que se diz está ali presente e já não há lugar para a literatura; ou se abre um lugar para a literatura, e nesse caso não há mais nada a dizer. Como escreve Blanchot: "Se a linguagem, e em particular a linguagem literária, não se lançasse constantemente, antecipadamente, em direção à sua morte, não seria possível, pois é este movimento para a sua impossibilidade que é sua condição e que a fundamenta" (*La Part du feu*, p. 28).

A operação que consiste em conciliar o possível e o impossível pode fornecer a definição à própria palavra "impossível". E, no entanto, a literatura *é*; é este seu maior paradoxo.

setembro de 1968.

OBRAS CITADAS OU A QUE SE FAZ ALUSÃO

I. Textos fantásticos e gêneros vizinhos

ARNIM, A. d'. *Contes bizarres*. Trad. por Théophile Gautier Filho. Paris, Julliard, 1964, (col. "Littérature").

BALZAC, H. de. *La peau de chagrin*. Paris, Garnier, 1955.

___. *Louis Lambert*. In: *La Comédie humaine*, Paris, Bibliothèque de la Pleiade, 1937. t. X.

BATAILLE, G. *Le bleu du ciel*. Paris, J. J. Pauvert, 1957.

BECKFORD, W. *Vathek et les Episodes*. Paris, Stock, 1948.

BIERCE, A. *Contes noirs*. Trad. por Jacques Papy. Paris, Eric Losfeld, s. d.

CARR, J. D. *La Chambre ardente*. Paris, Le livre de poche, 1967.

CASTEX, P.-G. (ed.). *Anthologie du conte fantastique français*. Paris, José Corti, 1963.

CAZOTTE, J. *Le diable amoureux*. Paris, Le terrain vague, 1960.

CHRISTIE, A. *Dix petits nègres*. Paris, Librairie des Champs--Elysées, 1947.

GAUTIER, T. *Contes fantastiques*. Paris, José Corti, 1962.

___. *Spirite*. Paris, Le club français du livre, 1951.

GOGOL, N. *Récits de Petersbourg.* Trad. por Boris de Schloezer. Paris, Garnier-Flammarion, 1968.

HOFFMANN, E. T. A. *Contes fantastiques.* Trad. por Loève- -Veimars *et al.* Paris, Flammarion, 1964. 3 v.

JAMES, H. *Le Tour d'écrou.* Trad. por M. Le Corbeiller. Paris, 1947.

KAFKA, F. *La Métamorphose.* Trad. por A. Vialattè. Paris, Gallimard, 1955.

LEWIS, M. G. *Le Moine.* In: A. ARTAUD, *Oeuvres completes,* Paris, Gallimard, 1966. t. VI.

MAUPASSANT, G. de. *Onze histoires fantastiques.* Paris, Robert Marin, 1949.

MÉRIMÉE, P. *Lokis et autres contes.* Paris, Julliard, 1964, (col. "Littérature").

Les Mille et une nuits. Paris, Garnier-Flammarion, 1965. 3 v.

NERVAL, G. de. *Aurélio et autres contes fantastiques.* Verviers, Marabout, 1966.

NODIER, C. *Contes.* Paris, Garnier, 1963.

PERRAULT, C. *Contes.* Verviers, Marabout, s.d.

POE, E. A. *Histoires extraordinaires* (H. E.). Paris, Garnier, 1962.

____. *Histoires grotesques et sérieuses* (H. G. S.). Paris, Garnier- -Flammarion, 1966.

____. *Nouvelles histoires extraordinaires* (N. H. E.). Paris, Garnier, 1961. (Todos os três volumes traduzidos por Ch. Baudelaire).

POTOCKI, J. *Die Abenteuer in der Sierra Morena.* Berlim, Aufbau Verlag, 1962.

____. *Manuscrit trouvé à Saragosse.* Paris, Gallimard, 1958.

SHECKLEY, R. *Pèlerinage à la Terre.* Paris, Denoël, 1960, (col. "Présénce du future").

VILLIERS de l'Isle-Adam. *Contes fantastiques.* Paris, Flammarion, 1965.

II. Outros textos

BLANCHOT, M. *La part du feu.* Gallimard, 1949.

____. *le Livre à venir.* Paris, Gallimard, 1959.

BUBER, M. *La vie en dialogue.* Paris, Aubier-Montaigne, 1959.

CAILLOIS, R. *Au coeur du fantastique.* Paris, Gallimard, 1965.

____. *Images, images....* Paris, José Corti, 1966.

CASTEX, P.-G. *Le conte fantastique en France.* Paris, José Corti, 1951.

CHKLOVSKI, V. "L'art comme procede". In: *Théorie de la littérature*. Paris, Seuil, 1965.

EIKHENBAUM, B. "Sur la théorie de la prose". In: *Théorie de la littérature*. Paris, Seuil, 1965.

ERLICH, V. "Gogol and Kafka: Note on Realism and Surrealism". In: *For Roman Jakobson*. Haia, Mouton, 1965.

FLETCHER, A. *Allegory*. Ithaca, Cornell University Press, 1964.

FONTANIER, J. P. *Les figures du discours*. Paris, Flammarion, 1968.

FREUD, S. Essais de psychanalyse appliquée (E.P.A.). Paris, Gallimard, 1933.

___. *Gesammelte Werke*. Londres, Imago Publishing Company, 1940. t. XIII.

___. Le mot d'esprit dans ses relations avec Vinconscient. Paris, Gallimard, 1953.

___. Psychopathologie de la v/e quotidienne. Paris, Payot, 1967, (col. "Petite bibliothèque Payot").

FRYE, N. *Anatomy of Criticism*. Nova York, Atheneum, 1967.

___. *The Educated Imagination*. Bloomington, Bloomington University Press, 1964.

___. *Fables of Identity*. Nova York, Harcourt, Brace & World, 1961.

___. "Preface". In: G. BACHELARD. *The Psychoanalysis of Fire*. Boston, Beacon Press, 1964.

GENETTE, G. *Figures*. Paris, Seuil, 1966. (Trad. bras. Ed. Perspectiva, 1972, col. "Debates" n. 57).

___. *Figures* II. Paris, Seuil, 1969.

GIRARD, R. Mensonge romantique et Vérité romanesque. Paris, Grasset, 1961.

JAMES, M. R. "Introduction". In: V. H. COLLINS (ed.) *Ghosts and Marvels*. Oxford University Press, 1924.

KASANIN, J. S. (ed.). Language and Thought in Schizophrenia. Nova York, W. W. Norton & Co., 1964.

LÉVI-STRAUSS, C. *Anthropologie structurale*. Paris, Plon, 1958.

LOVECRAFT, H. P. Supernatural Horror in Literature. Nova York Ben Abramson, 1945.

MABILLE, P, *Le miroir du merveilleux*. Paris, Les Éditions de Minuit, 1962.

MAUSS, M. "Esquisse d'une théorie générale de la magie". In: M. MAUSS. *Sociologie et Anthropologie*. Paris, P.U.F., 1960.

OSTROWSKI, W. The Fantastic and the Realistic in Literature, Suggestions on how to define and analyse fantastic fiction. Zagadnienia rodzajow literackich, IX (1966), 1 (16): 54-71.

PARREAU, A. William Beckford, auteur de Vathek. Paris, Nizet, 1960.

PENZOLDT, P. *The Supernatural in Fiction*. Londres, Peter Nevill, 1952.

PIAGET, J. Naissance de Vintelligence chez Venfant. Neuchâtel, Delachaux; Paris, Niestlé, 1948.

____. Six études de psychologie. Paris, Gonthier, 1967.

POPPER, K. The Logic of Scientific Discovery. Nova York, Basic Books, 1959.

RANK, O. Don Juan. Une ètude sur le double. Paris, Denoel et Steele, 1932.

REIMANN, O. *Das Maerchen bei E.T.A. Hoffmann*. Munique, Inaugural-Dissertation, 1926.

RICHARD, J. P. *Littérature et Sensation*. Paris, Seuil, 1954.

____. *L'univers imaginaire de Mallarmé*. Paris, Seuil, 1962.

____. *Poésie et Profondeur*. Paris, Seuil, 1955.

SARTRE, J. P. *Situations I*. Paris, Gallimard, 1947.

SCARBOROUGH, D. *The Supernatural in Modem English Fiction*. Nova York & Londres, G. P. Putnam's Sons, 1917.

SCHNEIDER, M. *La littérature fantastique en France*. Paris, Fayard, 1964.

TODOROV, T. "Poetique". In: *Qu'est-ce-que le structuralisme?* Paris, Seuil, 1968.

TOMACHEVSKI, B. "Thématique". In: *Théorie de la littérature*. Paris, Seuil, 1965.

VAX, L. *L'art et ai Littérature fantastiques*. Paris, P.U.F., 1960, (col. "Que sais-je?").

Le vraisemblable. *Communications*, 11. Paris, Seuil, 1968.

WATTS, A. *The Joyous Cosmology*. Nova York, Vintage Books, 1962.

WIMSATT, W. K. "Northrop Frye: Criticism as Myth". In: M. KRIEGER (ed.). *Northrop Frye in Modem Criticism*. Nova York, Columbia University Press, 1966.

Nota: Dois livros citados nesta bibliografia apareceram, depois da composição da presente obra, em tradução francesa: *Anatomy of Criticism* de FRYE (Gallimard, 1969) e *Supernatural Horror in Literature* de LOVECRAFT (Christian Bourgois, 1969). Não pudemos nos referir a estas traduções.

LITERATURA NA PERSPECTIVA

A Poética de Maiakovski
  Boris Schnaiderman (D039)

Etc... Etc... (Uni Livro 100% Brasileiro)
  Blaise Cendrars (D110)

A Poética do Silencio
  Modesto Carone (D151)

Uma Literatura nos Trópicos
  Silviano Santiago (D155)

Poesia e Música
  Antônio Manuel e outros (D195)

A Voragem do Olhar
  Regina Lúcia Pontieri (D214)

Guimarães Rosa: As Paragens Mágicas
  Irene Gilberto Simões (D216)

Borges & Guimarães
  Vera Mascarenhas de Campos (D218

A Linguagem Liberada
  Kathrin H. Rosenfield (D221)

Tutameia: Engenho e Arte
  Vera Novis (D223)

O Poético: Magia e Iluminação
  Álvaro Cardoso Gomes (D228)

História da Literatura e do Teatro Alemães
  Anatol Rosenfeld (D255)

Letras Germânicas
  Anatol Rosenfeld (D257)

Letras e Leituras
  Anatol Rosenfeld (D260)

O Grau Zero do Escreviver
  José Lino Grünewald (D285)

Literatura e Música
  Solange Ribeiro de Oliveira (D286)

Maneirismo na Literatura
  Gustav R. Hocke (D315)

Tradução, Ato Desmedido
  Boris Schnaiderman (D321)

América Latina em sua Literatura
  Unesco (E052)

Vanguarda e Cosmopolitismo
  Jorge Schwartz (E082)

Poética em Ação
  Roman Jakobson (E092)

Que é Literatura Comparada
Brunel, Pichois, Rousseau
(E115)

Imigrantes Judeus / Escritores Brasileiros
Regina Igel (E156)

Barroco e Modernidade
Irlemar Chiampi (E158)

Escritos Psicanalíticos sobre Literatura e Arte
George Groddeck (E166)

Entre Passos e Rastros
Berta Waldman (E191)

Franz Kafka: Um Judaísmo na Ponte do Impossível
Enrique Mandelbaum (E193)

A Sombra de Ulisses
Piero Boitani (E203)

Samuel Beckett: Escritor Plural
Célia Berrettini (E204)

A Literatura da República Democrática Alemã
Ruth Röhl e Bernhard J. Scharwz (E236)

Dialéticas da Transgressão
Wladimir Krysinski (E242)

Proust: A Violência Sutil do Riso
Leda Tenório da Motta (E245)

Teorias do Espaço Literário
Luis Alberto Brandão (E314)

Haroldo de Campos: Transcriação
Marcelo Tápia e Thelma Médici Nóbrega (orgs.) (E315)

Poder, Sexo e Letras na República Velha
Sérgio Miceli (EL04)

Relações Literárias e Culturais entre Rússia e Brasil
Leonid Shur (EL32)

O Romance Experimental e o Naturalismo no Teatro
Émile Zola (EL35)

Leão Tolstói
Máximo Górki (EL39)

Panaroma do Finnegans Wake
Augusto de Campos e Haroldo de Campos (S01)

Ka
Velimir Khlébnikov (S05)

Dostoievski: Prosa Poesia
Boris Schnaiderman (S08)

Deus e o Diabo no Fausto de Goethe
Haroldo de Campos (S09)

Olho-de-Corvo
Yi Sáng (Yun Jung Im – Org.) (S26)

Re Visão de Sousandrade
Augusto de Campos e Haroldo de Campos (S34)

Textos Críticos
Augusto Meyer e João Alexandre Barbosa (org.) (T004)

Ensaios
Thomas Mann (T007)

Caminhos do Decadentismo Francês
Fulvia M. L. Morett (org.) (T009)

Büchner: Na Pena e na Cena
J. Guinsburg e Ingrid Dormien Koudela (orgs.) (T017)

Aventuras de uma Língua Errante
J. Guinsburg (PERS)

O Redemunho do Horror
Luiz Costa Lima (PERS)

Termos de Comparação
Zulmira Ribeiro Tavares (LSC)

Este livro foi impresso na cidade de Cotia,
nas oficinas da Meta Brasil,
para a Editora Perspectiva.